此生若能牵手，谁愿颠沛流离

关熙潮

著

I want someone can hold hands for life.

辽宁人民出版社

ⓒ 关熙潮 2016

图书在版编目（CIP）数据

此生若能牵手，谁愿颠沛流离 / 关熙潮著. —沈阳：
辽宁人民出版社，2016.5（2019.3重印）
ISBN 978-7-205-08581-0

Ⅰ.①此… Ⅱ.①关… Ⅲ.①散文集—中国—当代 ②
短篇小说—小说集—中国—当代 Ⅳ.①I217.1

中国版本图书馆CIP数据核字（2016）第088132号

出版发行：辽宁人民出版社
　　　　　地址：沈阳市和平区十一纬路25号　邮编：110003
　　　　　电话：024-23284321（邮　购）　024-23284324（发行部）
　　　　　传真：024-23284191（发行部）　024-23284304（办公室）
　　　　　http://www.lnpph.com.cn
印　　刷：环球东方（北京）印务有限公司
幅面尺寸：145mm×210mm
印　　张：7.5
插　　页：16
字　　数：206千字
出版时间：2016年5月第1版
印刷时间：2019年3月第2次印刷
责任编辑：时祥选
封面设计：仙境设计
版式设计：仙境设计
责任校对：李　霞
书　　号：ISBN 978-7-205-08581-0
定　　价：39.80元

序

我承认，自己活得特"过时"。

好多 95 后聊着聊着就大呼"66666"，或者在网络评论里留下个小狗迷之微笑的表情。他们的交流语境，我居然不懂了。去 KTV，除了万年不变的几首老歌，拿不出个新的代表作。他们都问屏幕上的过气歌手是谁，然后指着用力过猛的 MV 捧腹大笑。孩子们还喜欢大冬天露脚踝，我却在立冬之前套上秋裤。他们争奇斗艳地去夜店喝酒，我蓬头垢面地在家里抱着狗看书。

我曾经也是个兴风作浪的少年，现在变得执拗而寡言。但我没老，因为对人生还有随遇而安的游戏态度，对爱好还有发自肺腑的狂热追求。而今，我终于把写作当成生命里不可或缺的重要部分，也终于接纳了自己与周遭环境格格不入的生活方式。要知道，这些对一个在舞台上存活过的人来说，是极其艰难的领悟。

还记得初当"北漂"的日子，每时每刻都在为钱担忧。我在吉林老家，看着妈妈吹灭生日蜡烛，又马上背起行囊去北京主持一位艺术家的寿宴。她跟我母亲同岁，一个在残旧简陋的小屋里，一个在金碧辉煌的宴会厅。我调动所有的表演天分，在名流的世界里谈笑甚欢，时至午夜赶回地下室，搓洗生了霉斑的袜子。

一个愚钝的人受生活所迫，努力学着言不由衷，在落差中寻求从容。都市最繁华处，总有些相似的人，他们傲娇世故，虚荣轻浮。我假扮成他们的同党，撑不住了，就背对人群深呼吸。

头顶总有声音盘旋："别装了，亲爱的，你本质上是个又土又呆的蠢货啊！"

所有负能量，都源于错误的自我设定。直到二十八岁，我才学会跟自己和解。

那年太不平静。一个经历跟我如出一辙的老友，卖力打拼，享尽奢华，却突然车祸身亡，消息出现在我电脑屏幕右下角的新闻弹窗里。还有一个相识五年的伙伴，因为人近中年的困顿和压力，留下遗书出走，险些救不回来。还有我第一次"相亲"的对象，最后一次出现在朋友圈里，是亲友代发的葬礼通知。然后，我的父亲又离开了我，我亲手拾掇了他的骨灰。

学会"放下"后，我开始重新审视自己。以往走过的路，忽然开满花朵，在回忆时，经得起细嗅。以后要走的路，也不再迷茫，因为跌跌宕宕即是常态。

所有相遇都是有意义的，所有坎坷都是有意思的，只要你用本来面目善待岁月。

编辑帮我定了书名，在成稿不足五分之一的时候。我很喜欢，它矫情得恰到好处。

我已煲不出香浓的热鸡汤，也搞不了清新的小故事。我能做的，就是以半冷半暖的笔调，写些诚实的东西，或亲身经历，或耳闻目睹。它完成在冬天，有彻骨寒意，也有明媚暖阳。

人近中年，更知离别的深意。离别不会停止，像无休无止的考试。以前有许多，以后有更多。

路还长，愿我们能珍惜每次牵手，笑对颠沛流离。

目录 | CONTENTS

◆ ◆
◆

Chapter 1

年华短暂，相拥取暖

谁的青春不疯癫

1

关：

展信 Happy！

你还记得我们的 108 宿舍吗？我昨天又回去了，几个刚入学的孩子正铺床呢，看我那眼神就跟看疯子一样。我啥都没管，就站门口瞅着，把他们都瞅毛了。关，我真觉得，物是人非是件特残忍的事。我想你，想林浩，想我们三个的高中时光。

这封信是张晓楠写的，我保存了好几年，折痕已经裂开了口子，字迹也因为潮湿洇开成一团团墨迹。它旧一点儿，我就老一点儿，仿佛信纸也是有生命的，陪我一起感叹岁月蹉跎。

许多人对大学记忆犹新，提到高中，多是寥寥几句。而在我看来，大学毕业是成人礼，高中毕业，则是青春真正的结束。

那时候啊，因为涉世未深，连鸡毛蒜皮都显得轰轰烈烈，不经意就烙在心头。想起来不值一提，尽是些细碎的琐事，可却偏偏毕生难忘。

2

因为一次倒霉的考试，我被分到文科班中的劣等班。那是整个年级的"垃圾堆"，充斥着不学无术的美女，和追随美女而来的小伙子们。诡异的课堂气氛吓跑了一个个任课老师。最过分的一件事，是在政治老师过生日那天，大家给她送去一盒蛋糕，老师掀开盖发现是坨狗屎。

说来你可能不信，我们班学生已经胆大到无法无天的地步，甚至在学校展板贴了张大字报，上面写着 我是彭校长，近日丢失一草莓斑点儿胸罩，拾到者请送到我办公室。

这么一个集体，其实也不乏才子。我勉强算是一个——高一的时候录了一盘鬼故事磁带，效仿张震的。这盘磁带很快被批量翻录，在校园里广为流传。记得当时，我举着录放机躲在午夜的洗手间，凭着空旷的回音一惊一乍地讲述，却不知隔间里蹲着个哥们儿，被我吓得便秘一星期。

能跟我的才气匹敌的，是个叫林浩的家伙。他胡子的面积占了半张脸，粗黑的眉毛直接连到鬓角。林浩总是驼着背走路，眼睛眯成两道缝儿，里面都是眼白，黑眼球时不时也坠下来，又滚珠似的翻了上去。哦，他的眼睛有问题，是出生时落下的病 视力极弱。父母用了保守的激素疗法治疗他的眼病，结果视力没起色，毛发却出奇旺盛地生长起来。

有同学跟林浩洗过一次澡，说他的耻毛可以拖地了。我们脑补着那画面，笑个不停。

"那他还敢穿短裤？是束起来当腰带了吗？"

也许是因为传闻入耳，林浩几乎再没出现在公共浴室里，带着一身酸菜味儿横行校园。同学们躲着他走，不只是躲那味道，也是提防林浩忽然停步紧急刹车，仰望蓝天吟诗作赋。

当我搬进108宿舍，看着坐在对铺的林浩，心里五味杂陈。

"我昨晚做了个梦。"他说。

我盯着他的眼白，又环视下四周，尴尬地问："你在跟我说话？"

他笑着点点头，继续讲："我梦见我是一只鹿，在原野上跑啊跑啊，我听见猎人的枪响，无比地恐慌，让我现在都害怕。"

我想跟他说：你这么跟我说话，我也挺害怕的。

正聊着，张晓楠拎着包裹进来了。他高高瘦瘦的，一身脏兮兮的牛仔套装。这就是传说中的班草，长刘海儿遮住一只眼睛，嘴巴叼着半支烟。我们对视微笑了一下，林浩在旁边使劲儿地瞧着。

六人间，只住了我们三个人。剩下的三张床铺仿佛自带魔咒，所有搬进来的新人，都会遭到被学校开除的处分。两个是聚众斗殴被开的，一个是偷钱被开的，我记得一清二楚。

于是，我们的 108 宿舍，成了文科班的传说。全校都知道，里面住着半盲的疯子，落魄的班草，还有一枚讲鬼故事的神棍。许多荒诞逸事也源源不绝地传出，比如宿管老师在林浩床底下发现数十只挺立的袜子，比如张晓楠在梦游时满走廊喊某女生的名字。

3

沾了张晓楠的光，我们宿舍的女生缘极好。

四楼 408 是女生宿舍，姑娘们经常用长绳吊个篮子下来，里面装满零食，偶尔还有报纸包着的烤鸡柳。有次被窗外的宿管老师抓到，结果你懂的，报纸还在，鸡柳没了。

张晓楠会弹吉他，那时最流行的是阿杜的歌，还有《当我在爱你的时候》《丁香花》等等网络歌曲。他就跟今天青春电影里的男主一样，坐在操场上，一边拨弦一边甩头发。如果天公作美微风徐来，那画面能让一众女孩儿就地晕厥。

真正入得了他眼的，是个叫陈枫的女孩儿，离子烫短发跟瀑布一样齐整，小圆脸精致娇俏。谁都没料到，她差点儿引发我们108宿舍的地震。

陈枫跟我是同年同月同日生，这缘分是比不来的。因为这，她总是喜欢跟我打趣，我却顾及张晓楠的感受，敷衍着回应几句就闪边儿去了。其实，几步以外的林浩早已翻起了白眼，虽然他平时也是那副形态。

学校组织舞台剧比赛，林浩改编《孔雀东南飞》，写了个感天动地的剧本，指定要陈枫饰演女一号"刘兰芝"。男一号"焦仲卿"经过选拔投票，我以微弱的优势战胜了张晓楠，一是因为我普通话更好些，二是女生们不想成全他俩。

这样一来，我在108的地位彻底尴尬了。

"晓楠，吃白菜饭包吗？我去买。"我问。

"不吃。"他答。

过不一会儿，林浩拿着俩白菜饭包进宿舍，跟张晓楠大快朵颐。

"孔雀东南飞，五里一徘徊。似顾千年香依旧，冢上黄菊映日开。"这是林浩改编的词，在悠悠的旁白中，我跟陈枫从舞台两端飞奔到灯光下，紧紧相拥。谢幕之后的当晚，张晓楠跟陈枫表白，陈枫同意了。我顺水推舟，把第二次演出的机会让给了张晓楠。

林浩变得不爱讲话，他很快学会了吸烟。

"我恨你们。可谁让我是这副模样呢？"他吞云吐雾地说。

4

不出一个月的时间，晓楠的恋爱宣布终结。具体原因扑朔迷离，反正是二人各自劈腿，无非是谁先谁后的问题。他的新恋人，是在话剧里扮演算命大仙的女孩儿。

早早唱衰的人，终于看到了心满意足的结局。他们渲染着晓楠和陈枫的不忠，摇头嗟叹。

只有我和林浩知道，晓楠的情绪并不算好，即使他在分手那夜请我们俩吃了饭，挽回了失去的团结。

"关，处对象特别累，但我真想奋不顾身地爱一次。"晓楠四仰八叉地躺着，手指给香烟熏得黄灿灿的。

"我昨晚又做了个梦，"林浩接过话茬，"我爱上了一株小草。醒来后我发现，爱情是虚幻的，它只是一厢情愿的想象，可以托付在任何人、事、物上。"

我跟晓楠都扑哧地笑了。那个夜晚，窗外的天光特别亮。大雪片子整整飘了一天了，这是东北典型的隆冬。

"我们包夜去吧！"晓楠说。

单子拧成绳儿，从二楼盥洗室的窗子扔出。林浩第一次体尝到高空坠落的滋味，他重重地摔了个跟头，捂着后腰在网吧里看了一夜的电视剧，眉毛在电脑屏幕上蹭来蹭去。对了，我们在天亮时还一起洗了个澡，林浩羞答答地露出身上浓密的黑毛。

时间过去那么久，我依然能回忆起学校门口的长街，没过脚踝的雪，还有我们踩出的第一排足印。

后来呢？后来，林浩走了。

他的父母带他去治病，据说手术成功的概率很小，林浩却坚持要试试。他说到了新地方会联系我们，可我们一直没有他的消息。

回想分离的那一幕，真是干干脆脆。他上了车，跟我们挥挥手，眼睛快速地眨了眨，又迅速眯起来，转过了头。我猜他应该是哭了。

晓楠可是真的哭了，碰巧在前一天，他跟女友分手了。他说他身边不缺女孩儿，而108真的是二缺一了。

5

我跟晓楠说过，我眼前总浮现一个画面——在一片空旷的草地上，林浩双眼炯炯有神地望着远方。

晓楠乐了，他说："望着还望着，还'炯炯'。"然后，他就不说话了。

我们高三了，都该散了。

在高考前一周，晓楠跟他高中时代最后一个女朋友分手了。毕业聚会上，他唱了水木年华的《一生有你》，还是那副吊儿郎当的帅样。

> 多少人曾爱慕你年轻时的容颜，可知谁愿承受岁月无情的变迁，多少人曾在你生命中来了又还，可知一生有你我都陪在你身边……

我们在考场上接受洗礼，各自回乡等着成绩，背上行囊步入大学。在那个同学录上都是座机号码的时代，一旦分开，各自殊途。

他给我的那封信，最后一句是：我们都会各自长大，庆幸有你们为伴，我无悔，谁的青春不疯癫。

有时我会想，自己已年近三十，为什么还能把这些事记得这般清楚。

少年是不知思念的。因为阅历浅淡、未经风雨，所有的分别，都是小题大做的感伤。可是，正因为未染指沧桑，才显得难能可贵。

我知道，我思念的不是他们，而是那段一起为伴的青春岁月。

回忆好近，你们好远

1

——你还记得那年吗？

——那年，是哪年来着？

想起具体的事、具体的时间，大多是需要有所凭借的。

老人说："周总理没的那年啊，我跟你爸刚结婚。"

同事说："'非典'那年，我终于遇见了我的初恋。"

同学说："奥运会那年，我一直纠结要不要考研。"

前言不搭后语啊。所有往事，都这么任性粗暴地给梳理出来。

有一件确凿的事，独立成章，永远不会忘记。

2009 年，我离开了你们，时至今日，都没有重逢。

那年夏天，我们大学毕业。那年，还没有微博、朋友圈。我们在校内网抒发青春的感慨，在相册里上传没有磨皮美肤的素颜。

有一张，是在学校角落的砖墙前，我们三个，脸上都是斑驳的树影。芳芳笑得很灿烂，哦，他是个男孩儿，胡茬儿包裹着两排整齐的牙齿。另一个叫"土豆"，马尾辫和大眼睛是她全身上下最有女人味的部分。

当时的欢笑声犹在耳旁。我们以可怜的阵容，摆出了千手观音、冲锋战士，以及杂志封面上的各种造型。土豆乐在其中，笑得五官都变了形。她比我大一岁，个子矮我两头。每次低头看她的脸，我总觉得，她应该是全世界唯一不会长大的人。

而今，手机屏幕里，她抱着自己四岁大的孩子，眼角微微下垂，眉目间有了身为人母的平和。我在照片下点了个赞，却一时不知该评论些什么。

芳芳呢？你现在过得怎样？已经好久没有你的消息了。

回忆好近，你们好远。

2

土豆应该是全校唯一一个参加了两次散伙饭的女孩儿。她本是上一届的学姐，因为疾病休学一年。

她得的是传染性肝炎。体检结果不胫而走，全宿舍的姐妹陷入纠结的情绪中。她们在土豆休学回乡的当天哭着送别，转身立马给宿舍消毒。

等再回来的时候，土豆成了我的同学。一开始，她总是缩在角落里不爱说话，满眼戒备，像只受了惊吓的猫。以我当时浅薄的阅历，觉得那种喜欢低头抬眼看人的女孩儿，肯定满腹心机。直到有一次，她在放学回宿舍时摔掉了门牙；第二天看到她，我不礼貌地笑出了声。她也跟着哈哈大笑，短粗的手指捂都捂不住那个大缝。我这才觉得她可爱得很，蠢萌蠢萌的。

"关关，你知道吗？虽然我已经转阴了，可是我总担心别人会躲着我。谢谢你和芳芳，在知道我的事以后，还愿意跟我做朋友。"——认识半年后，她给我写了一封信。我们的友谊，如此隆重地确定了。

到了大二，所有人的穿衣打扮都脱离了高中味道，气质上也趋近成人。土豆岿然不动地甩着马尾辫，身材跟衣服一样宽松，看着矮墩墩、傻憨憨的，有浓厚的乡土气息。我嘲笑她像只土豆，这个绰号便一直延续下来。

我时常提醒她："班里的女孩儿们都恋爱了，你再这样下去就没人要啦！"

她不屑地说："有'哥哥'在呢。"

我好奇地问是谁，她摊开笔记本。里面是她以"哥哥"的口吻，给自己写的一封封信。她说，自打她生病以后，"哥哥"就出现了。"他"一直如影随形地安慰她，陪她聊天，劝她不哭。

"土豆，总会有一个真实存在的人，来治愈你的精神分裂的。"我戏谑地说。

土豆的单纯，远低于全人类的平均底线。有一次她告诉我，在去天津玩儿的路上，有个陌生男人追着跟她聊天，还拉着她回自己家，说是帮她省住店的钱。我先是惊呼哪个男人这么没眼光，接着又问她怎么想的。

"我觉得他特善良，像天使一样。但我不想给别人添麻烦，所以还是自己住店去了。"

"天使？土豆，你是个笨蛋。他只是想睡你！"

"别这样讲，难听死了。"她很不服气，辩驳道，"我看他也不像坏人呀。"

那一瞬间，我气得抓狂，觉得她简直是误闯大学校园的小学生。

土豆坚持生活在她的美好世界里，生怕被任何人破坏，但她更知道我是出于好心。为了避免上当受骗，但凡感情上有眉目，她都会跟我分享。

桃花运接二连三。很快，有个文学社的学长给她写了封情书。土豆几乎是抱着那封情书睡着的，第二天醒来发现纸张皱了，赶紧铺在桌上压平。

"当我第一次见到你，就觉得你跟其他女孩儿不一样。你的安静自若，你的恬淡无争，就像一缕清风，温柔拂面。"我抑扬顿挫地读着，忽然感觉一阵反胃，粗鲁地把情书塞回土豆手里。她心疼地把纸张折好，紧张地盯着我。

"你可以尝试一下。我不发表任何意见。"

土豆俨然没听出我话语间的嫌弃，欢呼雀跃地说："你也觉得他懂我对不对！"

三个月不到，土豆就回归单身了。

据说那个学长每天都给她写信。放寒假坐火车回家，每经过一站，都要写一封千字文给她，等到开学时已经能凑成一本书了。他把一摞厚厚的手稿搬到土豆宿舍楼下，要她耐心读完每一篇，然后写读后感给他。土豆觉得压力太大，主动提出分手，没想到换来一句"分手可以，把我的文字还给我，那是我生命里散落的水晶"。

我已经想好了千言万语来劝导她，没料到她竟哈哈大笑起来："关关，我觉得这样挺好的。所谓爱情，宁缺毋滥嘛！"

她的确在成长，即便会永远比一般人"笨"。

她也很坦然地面对自己的"笨"，甚至还振振有词地说，之所以智商不高，是因为七岁时掉进了粪坑里。妈妈当时正叼着烟吆五喝六地打牌，听说闺女遭殃了，气急败坏地冲出来，抄起浇田的胶皮水管，不顾女儿的哭叫声，隔着八百丈远对着她狂喷，直到把她冲刷干净。"我应该是脑袋摔开了缝，然后又进了水。"土豆认真地追溯着。

面对突如其来的灾难和伤害，土豆是没有一丁点儿招架能力的。评选奖学金那会儿，土豆被导员推荐，拿到了候选资格。班级里最强势的女孩儿不甘落选，不但对她发动恶毒的言语攻击，还无所不用其极地拉票。

土豆哭了整整一夜，她问我："为什么没做错事也要被责难？"

我说："笨蛋，这样的事，以后不会少，你问心无愧就得了。"

在参加完上一届的散伙饭后，她又哭着来问我："我们毕业以后就天各一方了，怎么办？"

我说："笨蛋，这样的事，以后不会少，我们还会再见的。"

到了分别的那天，我没有伤感，有的，是满满的担心。

她还是扎着马尾辫，一身宽松的衣服，鼓鼓囊囊的大背包把她压得更加矮小。在昏暗的候车室里，旅人们乌泱泱地向前涌动，她那矮墩墩的小个子，被挡得严严实实。我和芳芳抻着脖子张望，直到看见她的背影出现在检票口。她笨拙地回身，跟我们急匆匆对视了一眼，还来不及挥手，就被推搡进人潮中，彻底地看不见了。

千万别受欺负啊。

我心里默默念叨着，耳边是嘈杂的车站广播，眼前是一片模糊的风景。

3

芳芳能跟土豆成为朋友，可以说是天作之合。芳芳的牙齿有一条缝，笑的时候十分夺目。他们后来结伴去补了牙。

之所以起了个女孩儿的名，是因为芳芳妈妈更偏爱女孩儿。发现是个男娃以后，他妈妈就索性把草字头去掉，改名为"方"。谁料上了大学后，又被我们这帮损友给加上了——芳芳，多亲切，多贴合他摇曳生姿的外表。

"大家好，我叫莫旭方，莫旭方的莫，莫旭方的旭，莫旭方的方。"他一边说着，一边在黑板上一笔一画地写着，兰花指高高跷起，粉笔划出锐利的噪音。台下的学生会面试官纷纷扣住耳朵。

"我特别喜欢今年夏天大红大紫的张靓颖，我希望有一天，也能成为像她一样闪耀的明星。"芳芳双手合十，两眼泛光，一条漆黑的牙缝很是突兀。没想到在宿舍里少言寡语的他，居然能表现得这般春心荡漾。

当晚，我发现他倚在宿舍门口的小亭子那儿，哼唱着《想唱就唱》，自我陶醉地扭动着腰。

"你想做明星哦？"我走过去，本想找个话题拉拢关系。没想到他眼睛一瞪，字字铿锵地说："永远不要嘲笑别人的梦想。"

我一个冷战——至于这么玻璃心吗？

我俩同住上铺。八人宿舍里，两个天天逃课的体育生，白天睡大觉，晚上打牌、聊天、啃熟食、喝啤酒，让我和芳芳这种作息规律的好孩子苦不堪言。芳芳更惨，他的床铺靠近电灯开关，经常被指使。

"芳芳，开灯！"一个体育生说罢，芳芳拽了下灯绳。

"芳芳，关灯！"另一个体育生喝道，芳芳又拽了下灯绳。

接着便是大家的嘲笑声。

弱小的芳芳终于成了全宿舍欺负的对象。到后来，只要芳芳出去上厕所，他们都会满怀恶意地反锁上门，享受他在门外的哭叫声。

我和芳芳很快达成共识：要退宿，远离这地狱般脏乱差的鬼地方。

于是，我们搬到了学校旁边的"宾馆一条街"。那里是学生情侣的天堂，一百多家店常年"客满"。我和芳芳找到了一家月租一百二的房间，上厕所都要去院子里的公用洗手间。这家宾馆一共有十间客房，其他九间都是流水客，一夜二十五元到四十元不等。

也许觉得自己吃了亏，包租婆想方设法涨租，每月还加收十元的卫生费。芳芳是典型的南方孩子，一分一毛都要盘算，不允许我少掏半个钢镚儿。盘算了两个月，他终于被我大气的东北作风所熏陶，不再那么锱铢必较，还给小屋添置了一台十二寸的彩电。我们统一了战线，共同的敌人，是包租婆。

"注意影响，流氓！"包租婆在院里大吼。

正在赤膊洗头的芳芳，端着盆灰溜溜地钻进屋子。

"注意影响，流氓！"包租婆在窗外大吼。

正在看电影的芳芳跟土豆赶紧捂上嘴巴，不敢纵声欢笑。

我们仨，慢慢成了家人。同学们都在揣测：土豆的男朋友，究竟是我还是芳芳呢？

异性间有纯粹的友谊吗？——有。当彼此在某方面过于相似、过于默契，那就只有做朋友的缘分了。我们都是来自小村庄，有着天然的自卑跟孤独。我和芳芳一样倔强，有时候，又跟土豆一样头脑简单。我们都不愿意面对性格里的软弱。

闲暇的周末，"热得快"发出尖锐的噪音，一壶滚烫的开水倒进水盆和水杯。芳芳烫脚，我喝茶。窗外的杨絮变成飞雪，一年又一年。

到了大三，芳芳变帅了。他刻意减掉十五斤的肉，又把瓶底眼镜换成了黑色美瞳。但他已经不想做明星了，他踏踏实实地准备考研。

我们的梦想变得越来越缥缈。

那段时间，我的实习经历充满挫败。"屋漏偏逢连夜雨"，失恋之痛，令我喝得不省人事。同学的电话打到芳芳那里，他又联系了土豆，把我从酒馆生生扛回了小屋。那晚，他破例没有做模拟习题，一直照顾我到深夜。

"喝得跟泥一样，注意影响！"包租婆复读机一样地不停吼着。

大四那年，我们的月租从一百二涨到了一百八。我掏一百，他掏八十。然后，他答应每天骑自行车带我去学校。

真是一对绝世好基友。

功夫不负有心人，他考上了武汉大学的研究生，而我，只身去了北京。

我们分离得很平和。我只是送他上了去火车站的大巴，看着他隔着车窗对我挥手。燥热的七月，不容许有沉淀的思考。我揩掉脖子上的汗，心想着，还会再见的。

只是那个冬天，我格外想念芳芳。想念他灌好两个热水袋，耐心地塞到被子下的样子。

4

每次搬家整理东西的时候，都会从箱底翻出一堆大头贴。大部分是我们仨的，我永远站在中间；按下拍照键时，也从来不在乎他们俩的表情。

"哎呀！我眯眼了！"土豆惊叫。我一个坏笑，按下了确定键。

现在，回忆就在我手中，无处粘贴。

我们留下那么多的纪念，却只属于过去，在如今的生活里，无处安放。

土豆安守乡村，成了全职妈妈；芳芳在格子间里，过着朝九晚五的白领生活。他们跟我一样，应付着一件件措手不及的生活琐事，慌促地走在命运的路轨上，偶尔后悔，偶尔期待。

回忆，其实好近。一件件事，犹在眼前，可以轻而易举地回忆起来。而你们，却是这样远，远得没有合适的时间跟心情来重逢。

一次别离，真正的青春戛然而止。

好在盛夏总会如期而至，又有一波波孩子相拥分别。单纯的感伤，伴随着蝉鸣鸟语，显得那样清新动人。既然是注定的怀念，那就无须用力铭记，因为你总会不经意地拾起。会心一笑，再感叹咫尺天涯。

没了父亲的第一年

1

我跟姐拿着一纸单子，跑遍了小城的药店，终于问到个仓储最齐全的中医先生。那老头儿啃着馒头，瞥了眼药方，眼睛从老花镜边儿上看着我："不是治病用的吧？"

按阴阳先生的指示，开来的药磨成了粉，洒在家里的一处一隅。我们姐弟俩扶着老妈到楼下凉亭那儿坐着，冬末春初，风硬得很。舅舅在阳台冲我们遥遥地挥手，回头引燃了客厅的鞭炮，噼里啪啦。老妈的拐扛得稳当，面不改色。

丧事的规矩比想象的麻烦，没个喘气的时间。直到阴阳先生拎着放了血的公鸡离开，才算告一段落。家人们在客厅休息，我抄起笤帚，扫鞭炮渣子跟药粉。扫到爸的床脚，忽然觉得不对劲儿。

他应该躺在床上的，头边应该有个塑料袋，里面是咳痰的卫生纸。

什么都没了。

挂钟指向下午五点。我对着空床说："爸，该抱你吃饭了。"

地板光洁锃亮，床单换了新的。以前的尿片、餐具、衣裤、轮椅，卖的卖，扔的扔，烧的烧。老妈一如往常，跟做普通家务似的整理箱箱柜柜。

"亮，帮妈个忙。"她召唤我过去，却半晌没开口，只是愣愣地瞅着我。

"说啊！"我有些急。

"帮妈办张银行卡，把钱存进去。妈不会。"

的确，她大字不识一个，又因为腿病不能随便走动，存折上的磁条对她来说都算高科技了。但何必要办卡呢，钱存哪儿不是存？

"用你的身份证，你设密码，卡放我这儿。"她低下头，稀稀拉拉的白发露出，"这几年就存了一点儿，要不是搬家换房子，还能攒更多。"

我就那么瞅着她，她也终于抬头对视我。

"就这么定了。"她用力傻乐，不容我多说什么。

她一直爱做长远打算，何况在她看来，这打算已称不上"长远"。

老妈的身体太虚弱。她回身继续归置东西，每次呼吸，弯着的背都一起一伏。

2015 年 4 月 5 日，爸去世整一个月。我跟姐用半个钟头的时间，把老妈搀到四楼的遗产公证处，填表签字。

落笔时，我盯着自己的名字，底下的年龄：二十八岁。

2

我有时头脑极蠢，居然不知道周年祭日是算阴历的。连着春运的高铁票，折腾好久才订下来。

今年回家不少次，上一次是陪我姐相亲。她已经是奔四张的老姑娘了，来介绍对象的不下百个，她一个都没同意，这次居然积极主动地跟那男人吃饭，还带着我。

我悄悄问她："是终于开窍了吗？"

她说："只是觉得人老了太可怕，谁也不该无牵无挂地死掉。"

我说："好，我帮你试试这男的。"然后，要来了两大瓶二锅头。

他喝高了，甩着长腔说："老弟放心，咱们一起孝顺你妈，再说老太太也没多长时间了。"

话不好听，但能理解。

小城里谈婚事，对方父母的情况是必须要考虑的。倘若健康又富足，那简直没得挑；如若是丧偶又孱弱，那也不用发愁，里外都不会连累自己多少。

想起卖轮椅那会儿，我像个电视购物推销员，对着买家口沫横飞。

"老头儿用小半年就没了，你也别嫌晦气。"

"晦气就不买这二手的了。我这亲爹啊，吃喝拉撒二十四小时都不能断了人，请保姆又不乐意，只能我伺候，我媳妇都快跟我离婚了。这日子，没法过，赶紧送到头儿得了。"

那买家脑袋摇得跟拨浪鼓一样，把轮椅扔进后备厢。他大约三十岁的样子，眉头拧成裂纹。

对自己父母，尚且如此。

老人耽误了孩子，在外人口中，是跟儿女不孝顺老人一样缺德的。所以，空旷的小区只有在逢年过节时才挤满车辆，无数拎着礼盒的年轻人进进出出，他们理直气壮。

而我的孤零零的老妈，就这么成了个尴尬的存在。她曾恐惧自己一身的疾患，如果害得我丢下工作，我姐求嫁无门，还不如赶紧没了算了。

但她又知道自己必须活着，因为她在，我们姐弟俩就有个家。

3

我抗拒明年的春节。

将近一年来，只是偶尔会想到爸爸。绝大多数时间，我以为他还在。

当过年无法再团圆，爆竹饺子都会令人生厌。我可以静心地欣赏微博朋友圈晒的全家福，再举头对遗像鞠躬祈福，却无法接受满屋的凄清。

记得小时候过年，最馋小卖店里的汽水。老爸体格壮，总在每年腊月扛回来一件儿，整箱塞到床底。我想偷嘴，使劲儿拉那个箱子，怎么也挪不动。

"爸，我要喝汽水！"

"乖，快过年了，过年喝。"

家太穷，什么都俭省着。

而今，我闭上眼睛又看到他横在床上，形销骨立，眼睛睁着，嘴巴一张一合。

"你说啥？"我反复问。

他说："水，我要喝水。"

回家的时间太少。我没喂过他几口水，跟当初喝汽水一样"吝啬"。

4

2015 年 12 月 28 日。

手机接到两条微信。一条是姐的，她说，妈今天又想你了。一条是大学同学的，她说，我们最好的那个朋友，在昨晚也没了父亲，癌。

我们就这么到了要失去一个个长辈的年纪。

或早或晚，先先后后。

愿岁月待你温柔如初

衰老应该是件可怕的事。

明天所剩无几，只能满嘴陈年旧账。浑身皱巴巴，活动都困难，想想真是难过。更难过的是，当你认真思考衰老这件事，说明你岁数已然不小了。

记得一个怪咖同事，在出差的高铁上扳着手指头说："我要学跳舞。要不岁数大了连个兴趣爱好都没有，做个老宅女可不光彩。"

"你可以养条狗，或者带孙子，总之不会闲着的。"我说。

她皮笑肉不笑地摇头。

我们这一辈对老人的印象，永远绑定着碗筷、毛线球、蒲扇、拐棍。他们苦日子过惯了，袜子破了洞就补，剩了饭撑死也要噎进去。他们习惯无趣，顶多在树荫下玩儿象棋，或是啪啪啪地抽陀螺。

我们自己老了，起码应该更"聪明"，不会连智能手机都搞不定。我们更懂得放浪挥霍，晚景不会太无聊。对吗？

"不是的。我妈妈以前是打字员，扛着机器东奔西走。现在呢？来北京半年，一个人不敢去三站地以外的地方。"那同事反驳道，"衰老是不可抗拒的退化，无论生理还是心理。"

为这句话，我纠结了好久。直到遇见个不肯老的老太太，我叫她"奶奶"。

她是我学长的奶奶，七十多了，圆墩墩的，满脸堆着笑。不论我们这些年轻人干吗，她都要掺和。麻将桌旁有她，KTV 里有她，杀人游戏里也有她。

她说她不会玩儿，脑袋不好使，就是乐意看。

她头发全白，给染黑了。牙齿掉光，安了副假的，晚上泡在玻璃杯里。每次随我们出门，绝对要换上颜色最艳的衣服，还振振有词地嘟囔："别人肯定笑话我，这么大岁数了还不老实待着，天天跟小年轻瞎溜达。"

"也是，那您待家吧！"我戏谑。

她急了，连喊三声"不行"，拽着我的衣服进了电梯。

据说奶奶年轻时就很生猛。因为家里有地，在上个世纪六十年代末遭到批斗，她叉着腰对一众"红卫兵"嘶吼："动我根毛试试！我也是人民！"

她素来不怕事，可却很怕死。

两年前，她总是拉着我胳膊说："旁边那栋楼有个老婆婆没了，岁数不算大呢，我应该也快了。要是哪天醒不来了，看不着你们了，咋办？"

不多久，她就摔倒住院了。鼻子上插着氧气管，圆墩墩地躺在白色病床上。听说她犯腿病之后，担心以后再也走不了，就自学骑摩托车，妄图以风驰电掣的轮子取代腿脚。后来呢？亲戚们哭喊着追赶，眼睁睁看着老太太失控地冲向自家南墙，连车带人都是底儿朝天。

"为什么要作？No 作 No Die ！"我没好气地质问她。

"我怕你们不带着我了。"她嘴唇往下一撇，开始抽噎。那是我第一次见她哭。

所以你能理解，我许多时候把她当成个小女孩儿。

学长结婚了，身为亲奶奶，她穿着一身红褂子做主婚人。婚礼在农村老家大院的槐树底下举行，父老乡亲们蜂拥四周，吸鼻涕咧嘴的。奶奶直着腰杆，气度非凡。

"尊敬的父老乡亲……尊敬的……"她忽然说不出话。

我赶忙挥手提词："各位来宾！"

她憋了半天，又重复一遍："尊敬的父老乡亲。"

我尴尬症发作，几乎掩面而泣。

后来我问她："当时是怯场了吗？"

她说："不是的，只是忽然想到，他爷爷如果在，该多高兴呢。"

关于爷爷，奶奶很少提及。只是记得，她曾在某个冬夜，跟我们追忆过他。

"这人吧，脾气差，连句好听的话都不会说。住院以后，动弹不了，我就天天拿湿毛巾给他擦身上。他那天突然跟我说，你受苦了，等我好了，该换我照顾你了，我好像还没照顾过你呢！我就寻思，你这猴年马月能好啊，撑下去就不错了。可不是，没过几个月，人就真没了。"

电暖气的光照在她脸上，垂下的皱纹一道道，黑漆漆的。

"我怎么就老了呢？他怎么就没了呢？"她自言自语着，双手托着塌陷的腮帮。

我们永远的课题是，如何从容应对匆匆光阴。有的事终究能看开，有的事终会作陪葬。

好在奶奶的腿脚很快恢复正常。出院之后，她跟着孙子孙媳妇，去海南过年。那是她生平第一次坐飞机，七十三岁。

应对不听使唤的躯壳，跟应对无人问津的回忆，究竟哪个更可怕？总有白发苍苍的人说，年轻人的世界搞不懂哟！——其实是不想懂。他们更乐意坚守旧时习，那已经是足够完整的人生。

人越年迈，越需要尊严。变，或者不变，只是追求的方式不同罢了。

搬到三环后，我常去团结湖公园遛兔子。跟摩登的三里屯仅仅数公里之遥，却如同两个宇宙，尽是些耍剑、唱戏、晨跑的暮年人。有个老太太，每天都要环湖溜达三圈锻炼身体。她衣着朴素，神情清淡，是个典型的老者。跟我聊天，是因为我的兔子让她想起养过的猫。

她以前算是个大家闺秀，养的猫也是纯种波斯猫，叫小公主。小公主死后，她把抱着猫的黑白照片留下来，夹在书里面。老了以后经常想起它来，就干脆把照片贴在冰箱门上。现在她又养了一只白猫，名字还叫小公主，也很乖。她说，这猫比她儿子乖，愿意听她说话。

起初听，我感动得要落泪。我甚至各种脑补她风华正茂时的优雅模样，肯定倾国倾城倾胡同。后来，她每次见到我都要讲一遍同样的故事，我就抱着兔子转战别的公园了。

老去，才能真正体尝"冷暖自知"的深意。经历得多了，心宽了，但世界反而变小了。

有两部电影，让我看完后彻夜难眠。一部是BBC的《在瑞士的日子》，一部是许鞍华的《桃姐》，讲的都是暮年人生的爱与尊严。

Dr. Anne Turner 在患病之后，失去自理能力。她收拾好刚晾干的衣物，从自家楼梯上摔下来，头破血流。然后，她躺在地上自嘲："白洗了。"

牧师握住桃姐和刘德华的手，闭目向上帝祷告："人生最甜蜜的欢乐，都是忧伤的果实；人生最纯美的东西，都是从苦难中得来的。"

我们自己又该如何面对衰老？我又会变成一个怎样的老人？

也许几十年后，我是个倔脾气的老头儿，每天咳嗽着愤世嫉俗；也许我有一帮背包客驴友，举着自拍杆翻山过海；也许我卧病在床、不发一语，眼巴巴地望着天花板回顾今生。

暂时无解，那就交给岁月吧。

愿我们与时光温柔相待，一如当初。

Chapter 2

❤

爱不够，敌不过时间沙漏

扫一扫，听有声版
《宠爱不是蜜糖，是毒药》

宠溺不是蜜糖，是毒药

1

"宠"和"爱"能组一个词，爱她就宠她，嗯，理所当然。

新光天地那儿的苹果店开业，俩哥们儿结伴去了。因为其中一个要给老婆买平板，被另一个的老婆知道了，不乐意了。

后来还是吵架了，因为买了个16G的，比人家的便宜。

你就差那么几百？分手！

听到这个段子，我也真是开了眼。那哥们儿宠媳妇宠够呛，做梦都没想到栽在个硬盘容量上。

以数字来衡量爱情不可怕，更吓人的是莫名其妙地身心绑架。

他因工作接待外宾，晚宴吃一半儿就消失了。我电话问他怎么了，他说媳妇生气了，得陪媳妇吃。

更过分的一次是请我们几个吃饭，车开到饭店楼下，他又跑了。微信打给我一千块，让我们先吃着，说回去哄媳妇去。

自打他恋爱后，我基本遗忘他的吃相。女王的圣旨随时降临，他可以在任何重要场合不辞而别。

2

有一次，女王终于跟我们同桌用膳，大家受宠若惊。

请客的是饭店老板，同事的爹。长辈坐镇，谁敢造次？

她敢。

大家玩儿"我爱你""不要脸"的游戏，就是转头捎话，顺向是"我爱你"，逆向是"不要脸"，考验反应能力。

轮到哥们儿了，他机敏地对邻座女孩儿说"我爱你"。女王撤椅子愤然离席，嚷嚷着"不要脸"。

同事爹傻了，活了五十多岁，没见过这气势。据说女王回去摔锅砸碗，差点儿把沙发拆了。

我们几个朋友闻讯后十分震惊——首先，女王以前只是公主病，见外人都怯生生的，怎么现在精神越发失常了？另外，这哥们儿也太窝囊了，纵容溺爱也得有个底线啊！

对恋人犯浑，是情真意切；对别人犯浑，是双商欠缺。

哥们儿说，她从小家庭破裂，没得到太多爱。

你要的我都给，这是一个暖男的感人箴言。可后来，他给不起了。

女王辞掉工作，白天睡觉晚上折腾，哥们儿神经衰弱，天天趴办公桌打哈欠。

"我忍不了啦。"他第一次说出这样的话。

3

该如何跟女王谈判？

众人支着儿，他都嫌措辞太硬，会逼得女王点火烧房。

"要不你跪地下求她，让她生物钟正常点儿？或者，带她去美国？"一朋友阴阳怪气地说，明摆着是嘲讽。

哥们儿居然认真思索了下。

后来，他找到了釜底抽薪的方法——劝女王再找个工作。女王居然同意了，说，这事儿得好好研究研究。

研究结果是：卖自制工艺品。客户是同城的网友，快递员是她男友。

于是哥们儿又消失了，他开着豪车满大街送礼盒，油费都没赚回来。

我们决定不同情他，哪怕他再叫苦不迭。

你摧眉折腰，她恃宠而骄。生气等于忤逆，商量等于反抗，这样的爱情是畸形的。

地位太过悬殊，危机就不远了。一年后，女王找了个更有钱更爷们儿的，并供职在新男友单位。听说她整天撒泼打滚儿，没过多久，连人带行李都给扔出来了。

惨。

4

哥们儿很伤心，他说："因为觉得自己不够帅，所以想做得足够多。"

我说："帅男人不是你这个怂样，你现在连个男人都不算。你最大的成就，是把她变成了一个欲求不满的坏女孩儿。"

哥们儿，你要知道，爱她，就要让她更可爱，要让她从你身上学会成熟、尊重和珍惜，而不是无理、蛮横和暴烈。你用无节制的宠溺淹没她，她反而失去了觉知幸福的能力。

别以为一主一奴是般配，下了床，都是活受罪。你们都以太爱彼此为借口，忘了自爱。各自悲剧，也是活该。

爱是对等的，不管女人惯男人，还是男人惯女人，都不能惯"坏"。

我也见过不少忍气吞声的女人，她们爱得被动，毫无尊严。我妈妈就是其中一个。

爸爸馋地瓜，不管家境多惨，听到小贩子吆喝都要买几十斤堆炕上。我妈啃着咸菜默默淌泪，盘算着下个月的日子该怎么过，我爸吧唧嘴儿嚼得那叫一香，还说是红瓤的，甜。

她忏悔了一辈子，不知该如何对付这个一手培养出来的任性伴侣。我姐每次相亲，她都泪目道："找个互相尊重的，谁也别黏着谁耍浑。"

爱，本来就是冲动的，妄谈分寸，都是扯淡。

但两个人在一起，终归要让彼此更好过，不是吗？

初恋，请你消失在我的十八岁

有那么一阵儿，我经常怀念十七八岁。近两年不会了，甚至连个青春题材的电影都懒得看。一堆小孩儿穿着校服蹦跶，牵手啊亲嘴啊，梦想啊毕业啊，俗。

因为我活到了另一个阶段。人生的阶段有很多，吃奶、追星、晒孩子、跳广场舞，时间嗖嗖快，过了就回不去了。人总是要现实，留恋不能当饭吃。

上个月回老家休假，天寒地冻出不了门，就在屋里宅着。工作赚钱全抛脑后，清清静静的。闲来无聊，我就看了个片儿，一堆小孩儿穿着校服蹦跶，牵手啊亲嘴啊，梦想啊毕业啊，好感动啊！

我想我大概疯了，看到结尾居然鼻子酸了。当晚，我的心跳频率都是青春期的节奏，咚咚咚的，把初恋的回忆都撞回来了。

"关，我！"
我的微博私信冒出这么一条，头像是个婴儿宝宝。
"我是夕夕！看你最近发展不错啊，有机会聚聚吧！"她又补了句。
你知道多巧吗？夕夕就是我的初恋啊，天哪！
我的心脏更加咚咚咚，身子不听话地坐起来，盯着那条私信发傻。咳，她这口吻真像个不咸不淡的老朋友。

窗外下雪了，晶亮亮的大白片子乱飞，屋檐上跟冒了烟似的。浪漫哦，跟 2002 年的圣诞节一样。

夕夕喊了我一嗓子，我回头，她顶着满头雪钻进教学楼，递给我个小礼盒，包装得歪七扭八。拆开看，是个迷你收音机。半个烟盒大小，俩按钮，一个调音量，一个换台用。

她也给自己买了一个。在枯燥的晚自习戴上耳机，听同一个频率。放到孙燕姿和周传雄的歌，我俩就抻长脖子，越过同学们的脑袋，互相挤眼。班级座位每周一换，整列依次挪动，我俩要么隔个过道，要么各守南北墙。我真恨不能在离她最近那一周死去，免得接下来等待煎熬。

我一直没跟夕夕表白，因为我那时太胖，因为她不止对我一个人好。她大大咧咧的，待人敞亮，除了脸蛋都像男人。我特喜欢她擦黑板的粗鲁样儿，短头发一颤一颤的，憨死了。

她现在变化大吗？满微博都是转发的育儿指南，翻到底也没见一张自拍。

"正好，我搬到松原了，这两天见吧。"我回复。

那时我是住校生，也没想到几年后会搬到这个城市。孤单的小胖子喜欢上亲切的假小子，这绝对是毁票房的 CP，但放到现实里很美的。

相见第一面是班级大扫除。她跟要打架似的把抬水棒子伸给我："再换桶水呗？"

第二次打交道，她把钱塞我兜里："帮我买个鸡蛋饼，学校后头那个摊儿，老太太卖的。"

我跟她说的第三句话是："吃吗？我去。"

校花班花们把胯骨和头发抡成圆圈，面色惨白，唇彩扎眼。但我独爱夕夕的素颜，纯天然无污染。

高二，她学理，我学文，我们俩每周末结伴去买碟。她热爱的孙燕姿还没发新唱片，《直来直往》的前两句哼到吐。

学校和音像店距离不远，都在市中心往南，我们这次约见的地点也在那一片。出租车在十字路口左转，旁边是个大商场。十年前，这里明明是一排网吧，真是沧海桑田。那时候，这一片还荒芜得很，进进出出的都是刷夜的坏孩子。

我攒了这么多记忆，就是为了重逢时的泪奔，虽说我北漂，她已婚。

我想象着她一头短发跑过来，笑容的幅度没那么大了，眼睛的光没那么锐了，可更美了。我们对坐长聊，感慨万千，一直到饭馆打烊。

然而我傻了，她是带着老公一块儿的。等等，那真的是她吗？

面色惨白，唇彩扎眼，卷发和貂皮大衣粘在一块儿，红指甲盖抠着粉壳子的 iPhone，正冲我摆手。

我盯着她的美瞳，点头说嗨，心头从三伏天凉成三九天。

"多少年了，差点儿都认不出来了！"夕夕说。

她以前大碴子味儿这么浓吗，还是我忘了？哎呀，我真可耻，没混多好，连乡音都嫌弃了。不对啊，我没发现我妈说话这么别扭啊，还是我跟夕夕太久没见了？

我大脑迅速运转，立马接了句："可不是嘛！"

"你口音都不一样了，听着跟北京人儿似的。"她嘴角下扯。

她每个平翘舌错乱的发音都要放慢，显得煞有介事。我竖着耳朵低着头，用力瞅着桌上的木质纹路，不过几秒钟又觉得失礼，刻意跟她对视一眼。

我真的不认识她了。

"关，认识我老公不？老同学！"她指指旁边那个地中海双下巴的眼镜男。我搜寻遍了记忆库，都没认出是谁。

"哈哈，也是，你高三就不怎么来我们班了。他是我同桌！"

我机械地伸手跟他握了握，他皮笑肉不笑地点点头。

本该是伤感狗血的剧情不是吗，为什么感觉跟演小品一样。

"你吃什么，随便点啊。"夕夕说。

我忽然想起十年前跟夕夕分别的台词。

"以后我们都吃不到学校后头的鸡蛋饼了。"

我们在网吧外头坐着，晨风撩起校服的汗味儿。她长长地吁口气，说高中还没过够。她还说："你现在瘦了好看了，到大学肯定有女孩儿追。"我说："没有你，我也不会减肥啊。"

她似懂非懂，手指头在膝盖上抓挠。我一咬牙，把手扣了上去。她惊惧地转头看我，跟被电击一样站起来。

高考结束后，她都没跟我联系。临大学报到的前两天，她在 QQ 上突然出现。

"关，在吗？"

我回了个"在"，她的头像瞬间变成黑白了。我又回了个"在啊"，从午饭等到晚饭，她都没出现。

上大学后的某一天，她留言说："我想你。"

我把夕夕定义为"初恋"，因为我碰过她的手，因为我觉得她不讨厌我。呵呵，脸皮够厚。

眼前的夕夕，二十九岁，本土阔太太，边啃猪蹄边抽烟。

"老同学，这次其实是想请你帮个忙。我现在也不上班，就开个网店……"

我渐趋从容地看着她，听她讲，如同面对陌生人。

聊完散场，我被灌得微醺。一个人走夜路，咯吱咯吱踩着积雪，不由自主地唱起来。

"我跟人群逆向，从道路的两旁转小巷。"

夕夕"死"在了我的十八岁，我也早不是那时的我。

谁不怀念年少的爱情？总有个名字，曾经是攻心的咒语，现在成了青春的墓志铭。

相见不如怀念。

有些东西还是要藏好，千万别轻易挖出来。就让它定格在回忆里，永远是最美好的样子。

再见旧情人，我是时间的新欢

1

人们更愿意轻信胡编乱造的故事，和莫名其妙的主人公。

但小池是个真人。他的皮肤比女孩儿还白嫩透亮，上下睫毛一样长，每件衣服的前胸位置都有卡通图案。跟小池认识五年，从我们的二十四岁到二十九岁，一直断断续续地联系着。去年春天他彻底失踪，朋友圈和微博都清空了。我想他总不会突然死掉吧，应该是回河北老家了。深秋过半，他邀我出来坐。头发剪了毛寸，胸前是《捉妖记》的胡巴。

他说他得了艾滋病。我说你神经病，他说是真的，没开玩笑。

小池叼着烟剥大虾，小孩儿装大人的做派。他低头不看我，应该是怕我怪异的神态使他难堪。

"然后，我昨天又单身了。"小池边嚼边说，声音含混。

我跟小池是在世贸天阶认识的。我去参加年会，他是外请的廉价摄影师。Party又臭又长，我趁抽奖环节溜出去吸烟。头顶的LED巨屏充斥着广告跟短信祝语，我仰着头吞云吐雾，默读着那堆恋爱正酣的酸话，心里冒出一万吨脏字。那时我刚失恋，想当初也是把彼此的表白短信发到脑袋顶上，望着望着眼睛就湿了，哭着哭着就接吻了。不欢而散后，我曾发誓此生不来世贸天阶这个鬼地方。

小池过来跟我蹭烟。初见他，大长腿齐刘海儿，像株金针菇。他眨着无邪的大眼睛要走了我电话，说常联系。

"我为什么要跟你常联系？"

小池那晚在短信里说，他是同志，刚来北京。我说嗯，你找错人了，但祝你幸福。

他没再回复我，直到第二天醒来，才看到他后半夜发来的信息。

"我要跟你做好朋友。"

他的语气跟外形极其统一，热情奔放又没攻击性。

2

第二年，小池告诉我，他恋爱了。

他从背包里掏出一只首饰盒，嘻嘻地笑。里面是条链子，还有张珠宝鉴定单。

他们在社交软件上相识。那男的是个官二代，但没有纨绔子弟的坏习气。他们生在不同的世界，偶然碰触在一起，彼此贪恋。

早上，他给小池做早餐，两片全麦面包夹着新煎的火腿。小池说不，我要油条豆腐脑儿。

他带小池去那些有钱人才能进的地方，买五千块以上的衣服。小池说不，穿上老十岁。

小池在打印店找了份工作，每晚九点半等着他来接。

他住在复式房间，二层是健身室。跑步机旁边有张橘红色的床，看着比卧室还软还舒服。

"这一层以后都是你的。"他说。

"我要跟你住楼下呀。"小池说。

　　小池终于心甘情愿地戴上了新手链，他觉得踏实。之后，小池跟着那男人参加各种聚会，都是家境显赫的年轻男人，还带着老婆。他有些不知所措，直到发现他们也一样，婚姻不过是向父母交差。

　　他们有男朋友，他们的老婆有女朋友。小池觉得难以置信，他用很长时间接受这种生存形式。

　　看似活在同一个世界，不同圈子的距离，远若光年。

　　"明天我妈来咱家，回去赶紧收拾收拾床，别给看出来。"一个人说。

　　"我估计我爸快看出来了，上次险些撞个正着。"另一个人说。

　　小池隐隐有不妙的预感。果然，他听到了最不想听到的话。

　　"我也快结婚了，她各方面合适，也是我们这样的人。"那男人说。

　　小池把手链生拽下来，啪地拍到桌子上。

　　"所以你在楼上准备了张床。"小池哭着说。

3

　　小池决定离开那个男人，他不要那样的生活。

　　他分手时，我早已摆脱了前任的阴影，跟新欢泡温泉。有一搭没一搭地听他讲完，默默想着，这真是编剧的好素材。

　　我告诉他："别后悔就成。接下来的日子也许难熬，毕竟你的生活跟他绑定太久，说分就分，好比从活体身上抠走内脏，疼得山崩地裂，没人打麻药。"

　　第三年，小池接到了他的婚讯。

　　"你干吗告诉我，要我随份子吗？"

　　"我想见见你，给你带了条烟。"

　　"喜烟都送货上门了？你也带大奶糖来了吧？"

这是小池说的最刻薄的一句话。谁都没做错什么，骂不起来的，这滋味更难过。他挂掉电话，心烦得想死。

小池最后一次见他，是在同年的中秋节。姥姥没了，单亲妈妈再嫁，小池不愿意回老家，又不知犯了什么浑，疯了似的想他。他在微信里说："不方便出门，老人在家呢。"小池说："没关系，我去看你一眼就走，就说是你朋友就行。"

"你放心，我没恶意，也没喝酒。"小池冷静地解释。

小池花光了身上的几百块现金，去京客隆买了箱最贵的月饼，拎去了他家。

他家太热闹，激醒了小池的神智。小池后悔了，撂下月饼就想扭身跑掉，甚至不敢抬头看眼他。他叫小池来帮忙洗菜，不容犹豫地带他去厨房。只有他俩在里面，全家人都在客厅看电视，谈笑风生。

跟探望普通老友似的，两人的交谈尽是寒暄：你最近怎么样呀，我还行呀，你呢，等等。

小池望着他，鼻子一酸。泪光里，那男人切的不是菜，而是全麦面包片。小池从身后抱住他，切菜的当当声忽然断了两秒，又续响起来。

两人跟做贼似的，留意着厨房外的动静。小池低声喃喃，说想吃油条豆腐脑儿。男人肩膀抽动，鼻子里发出抑制啜泣的"嗯嗯"声。

4

第四年，小池先后交了三个男朋友，放浪形骸，终于摆脱阴影。

我却又回归了单身，并且是用 E-mail 互相发信，总结旧事，感慨无常，礼貌分手。

邮件在确认送达后就被我删除了，正如世贸天阶那个不停刷屏覆盖的大顶棚一样，了无痕迹。

平和结束的爱情，才是真正难忘的。那些狗血的情节，只适用于轻浅的少年。我学会了淡定，不再像咒骂 LED 屏那样抗拒泡温泉。小池也很出色，他在淘宝上买了同款高仿手链，说是因为好看。

我们在忘与不忘的灰色地带，小心翼翼地摸索着前路。

很可惜，小池栽进了坑里。他碰到个渣男，缠绵后趴在小池身上诡异地大哭，第二天拉黑小池前，提醒他过几周去检查身体。

就这样，小池在拿到医院结果后，消失了半年，服药治疗。他找了个同病相怜的恋人，又因为性格不合分道扬镳。

"有没有想过，当初如果不离开那个人，嗯……"我问。

他没回答，只是吐着烟傻乐，还像个二十四岁的孩子。他抬起手，说他家住那儿。

再往前走，就是世贸天阶了。我们站在屏幕下面，斑斓灯火映着一对对儿行人，他们五颜六色。

小池说："给根烟。"语气像极了初见。

"你为什么会跟我讲？"我问。

"因为……你其实对我怎样不感兴趣，连好朋友都不算。"他摆弄着手机。

我竟然语塞。他刚把手机放进口袋，铃声又响了。

是尧十三的歌，也是我最近循环听的那首。

　　你是谁的新欢和旧爱

　　如果他善待你的美丽

　　会不会对你手下留情

　　会不会一无所有

　　再见旧情人

　　我是时间的新欢……

他举着电话嗯了几句，说有事先走了。我挥手告别，看他瘦高的背影晃晃荡荡地消失。

掐灭烟，抬头望，看见一串手机号码后的"小池"两个字。

他说：我们都要往前走，一边重新再来，一边铭心刻骨。回头见啦，我特别的"旧情人"。

所谓爱情，不过是难赢的游击战

1

我们叫她"李钢铁"，因为她彪悍得像个爷们儿。

从外观判断，她绝对是我见犹怜的美女一枚，长发及腰，肤白胸大。六年前认识她，没聊几句我就夸她漂亮，她耸肩膀乐了下，说："要不是双眼皮切坏了，肯定更美。"

我瞬间不知道如何回应。她紧闭双眼，说："不要安慰，我很坚强。"

我俩一起哈哈大笑。

李钢铁是个插画师，偶尔兼职当模特。我第二次去找她，她穿着绿油油的拖地长裙，在摄影师的镜头前扫腰抬腿甩头发，仙儿死了。拍完后我俩按原定计划去喝酒，她拽着裙摆就往街边冲。

我说："你倒是换身正常的衣服啊。"

她说："不必。"披头散发挤进公交车，裙尾被踩满万花筒似的脏鞋印儿。车上的大妈、糙汉子侧目惊奇，她浑然不觉地握着吊环扶手，盘算着在哪一站下车更近。

那时，我们都是社会底层的典型北漂，命运未知。她说她有张银行卡，是从江苏老家带过来的，里面有三千块钱。她对妈妈说，自己会好好的，万一混不下去了，还有回来的车费。

"李钢铁，你为什么要来北京呢？"

她说，她想到大城市闯闯，看看哪边的风景更好。不管怎样，二十八岁都要嫁出去，这是铁板钉钉的计划。

今年，李钢铁三十一岁，单身。

2

李钢铁春心荡漾了一亿次，在暗自纠结十亿次后，错失了一个个男人。直到有天半夜，她火急火燎地打电话给我。

"关，有件特恐怖的事儿！"她用巨大的分贝哼唧。

"你见鬼了？"

"我就是孤魂野鬼！我想告诉你，刚才做梦才想起来，我快二十七岁了，天哪，太老了！"

我预料到她接下来应该会饥不择食。果然，她开始拼命参加聚会，脚底生风，目光如炬，侦探般地搜寻钻石王老五。

又有一天半夜，她在电话里哭得上气不接下气。

"那些男人今天醉了，他们……"

"轮奸你了？"

"那样就好了……他们酒后吐真言，说把我当成亲弟弟一样看待。他们还说，我是嫁不出去的，跟我在一起等于搞基。"

"太过分了！"我忍住笑，怒吼道。

她抽抽搭搭地控诉完，依然重申尽快嫁人的伟大目标。时限将近，我觉得她没戏了。

老天垂爱，一个留学归来的作者联络到了她，谈网络媒体上的合作。李钢铁给我们展示聊天记录，大家一致判断，这男的对她有意思。李钢铁小鹿乱撞，蠢蠢欲动，要我们一起参加接风宴会。

那男人老实本分，全然没有西方教育环境下的开放通达。他始终低头，左手捏着眼镜腿，右手举着筷子，腋下的汗浸透了衬衫。我们这些狐朋狗友，三句话不离李钢铁，把她夸得天花乱坠。

那海归男咧着大厚嘴唇，不停点头，用生命在敷衍我们。

"都！住！嘴！"李钢铁一拍桌子，我才察觉她喝高了，脖子根都红彤彤。她噘着嘴巴环视大家，撒娇似的抱怨，"要不要太明显？再这样，我俩就成不了了！"

男人瞠目结舌，螃蟹腿从嘴角掉到盘子里。

他们没有再见面。李钢铁视之为奇耻大辱，每每提及，呜呼哀哉。

3

李钢铁在二十六岁的最后时光，偷偷摸摸地去录了个相亲节目——她已然恨嫁到走火入魔。

李钢铁心仪的男嘉宾没有看中她，她在节目里不停揩眼泪，灰溜溜地告别舞台。

"失之东隅，收之桑榆"，李钢铁因为上了电视，拥有了好多粉丝。他们奉她为"艺术女神"，狂赞她的插画作品和艺术照。趁热打铁，李钢铁使出浑身解数运作经营，事业突飞猛进。她成了有钱人。

此后的一年，我们各忙各的。她常在微博里晒跟名媛名流的合影，像极了大明星。我对她越来越不了解，只知道她还未嫁。

我也是有点儿傲娇的自尊心的：反正我还穷着，你发达了，我就不主动谄媚咯。

某天，终于等到李钢铁联系我了。她说，原来的工作室要搬，那里有太多回忆。如果有空，商量个日子聚聚。

我站在曾一起挤过公交的站牌底下，看李钢铁从豪车里走出来。她烫了卷发，挎着几万块的包，绝对女王范儿。

她耸着肩膀对我笑，只看神情，似乎还是那个李钢铁。我们去了老地方喝酒，跟从前一样。

"我都快忘了自己是谁了！"李钢铁又豪饮一杯，"我看到你就什么都想起来了。"

"你现在这样不是挺好的？"我盯着她问。

"好个屁，什么都靠自己，累死了。我还是要嫁，二十七不成，就二十八；二十八不成，就二十九；二十九不成，就……"

我怕她数到后半夜，赶紧止住了她。

她长长地叹了一口气，从钱包里掏出张银行卡，放到嘴边亲了半天。

"这三千块我还留着，待不动了就回去。什么都是假的，家才是真的。"她说。

"钢铁，你早点儿在这儿成家吧，我知道你喜欢这里。"

4

李钢铁从库存货变成了抢手货，这并没有降低脱单难度。她变得更挑剔，因为越来越独立，越来越强悍。若不能锦上添花，那就宁缺毋滥。

她交往了个文艺男青年，终于发现满嘴王家卫电影台词的男人，在现实里是多么讨厌。他喜欢叼着廉价香烟、捧着凤梨罐头给她讲往事，以及，死去的前女友。

她交往了个土豪暴发户，终于发现只会炫耀钞票的男人，究竟有多么浅薄。他挥金如土，却没空陪她看一部王家卫的《一代宗师》，说看不懂。

男人就没有个精神、物质两手都硬的吗？

李钢铁几近绝望。她有次出差认识了个热恋中的拉拉，就寻思着做女同性恋可能更轻松点儿。在她变弯之前，老天睁开眼，真爱不期而至。

那个男人，叫阿坤。他们认识不久，就去美国的文身店做了情侣花臂。

"关，我发现星座真的要信。我们处女座就该找金牛座啊，我把其他十一个星座试遍了，现在才开窍！"

她一条条微信发过来，恩爱秀得溢出屏幕。

照片里的阿坤看着不错，脸上身上的线条都硬朗，细密的胡茬儿，孤儿般的眼睛。李钢铁说，这种有钱、有情趣、有颜值的直男可以申请为一级保护动物了。

我们必须经历足够糟的人，才知道对的人有多好。

那么李钢铁，祝你幸福。

5

我没有亲眼见过阿坤，所有故事都是三十岁的李钢铁讲给我听的。

她说，阿坤的倾慕者成群结队。其中有只狐狸精，不依不饶地纠缠他。

"男人自己会想办法摆脱掉不喜欢的女人。如果他没摆脱掉，那就是有鬼。"李钢铁回忆道。她确实今非昔比，从傻丫头进化为两性情感大师。

狐狸精下了战书，要求仨人当面一见。李钢铁同意了，拉着阿坤去了约定的KTV。她说："阿坤，既然你也想解决这个事，那就要信任我的能力。"

狐狸精款步进门，李钢铁笑脸相迎，然后抡了狐狸精一耳光。

"再赏你俩！"啪啪地又两声。李钢铁出手急、力道猛，指甲盖都劈了俩。

"你长得不难看，正儿八经谈个恋爱多好。"李钢铁摇着脑袋，瞅着狐狸精惊魂未定的怂样，"你滚去门外思考五分钟，再对我俩发表最后陈词。"

"砰"一声，李钢铁关上了门。她转头瞧阿坤，他已呆若木鸡。

"阿坤，人家女孩子不容易。我就当你精神上嫖过这贱货，付点儿酬劳，让她滚蛋。"

"给多少？"

"她值多少，你估价。"

阿坤说："给她一万好了。"

门忽然被踹开，狐狸精双手叉腰像极了泼妇，风采尽失。她扬起肿半边的脸，指着阿坤鼻子索要医药费和精神损失费。

"你要多少？"阿坤问。

狐狸精一咬牙一跺脚："两千。"

狐狸精抱着现金心满意足地离开，李钢铁跟阿坤差点儿口吐白沫。

李钢铁关上门笑到弯腰。她对阿坤说："女人跟女人不一样，有的纯粹在打你主意，有的是为你动手出主意，看清楚些。"

阿坤单膝跪地，说："你就是我的女王，唯一的。"

6

李钢铁不是好吃懒做的碧池，即使有了富豪男友，依然在自食其力。这也是我最欣赏她的地方，骨子里好强。

有那么段时间，李钢铁觉得自己在搞基。她是攻，阿坤是受。二十六岁心心念念的"小鸟依人"的图景，被现实扭曲成了"大鹏展翅"。

终于谈婚论嫁，李钢铁百感交集。没有预想的欣喜若狂，像个久经沙场的老将，她表现得云淡风轻。

"我那时只是心里想着，这下总该顺了吧？谁料还是事与愿违。"李钢铁追述道。

因为阿坤公司的产业链出问题，欠下巨额债务。他只有亡命天涯，别无去路。讨债的人守在小区门口及楼道，把阿坤和李钢铁围困住。

"我订完机票就报警，然后赶紧走。你戴上围巾跟我出门，他们不认得你。"阿坤很镇定，表现得男人极了。

李钢铁点头，不停点头。

阿坤说了个"你"字，应该是要问愿不愿意一起走，李钢铁做好准备回答"不愿意"。

"你好好的。我已经一无所有。"阿坤临阵改了台词。

"我等你吧。"李钢铁笑中带泪。

匆匆拥抱。李钢铁没有询问他的航班，她要他流浪到下一个地方时，再把上一站告诉她，免得电话有监控。

"这银行卡里原来有三千。"李钢铁把卡交到阿坤手里，郑重其事地叮嘱，"我昨天往里存了几万，给你。"

7

阿坤起初每周来个电话，后来就没了规律，有时一个月都没有音信。

印象最深的电话，是阿坤在印度打来的。

"我学会了自己做饭，自己削苹果。如果回到以前的日子，我肯定对你更好。亲爱的，等我一年，就一年。"

李钢铁一如既往地活着，画画、旅行、自拍。她在加利福尼亚的荒僻小路上开车驰骋，来回兜圈，从天亮到天黑。

跟熬过了好几世一样。李钢铁感慨着，眼泪溅湿了方向盘。

她倒没有把等待阿坤当作艰巨的任务，大概是心思冷淡，懒得再谈恋爱了。

有个华人男孩儿追求她，是个二十三岁的小鲜肉，总跑去她公寓做中国菜。他单纯无邪的样子，让李钢铁心疼。

"如果我现在是几年前那会儿，多好。"李钢铁拒绝了小鲜肉的玫瑰和巧克力。

"现在不晚啊！"男孩儿猛眨眼睛，一脸惶惑。

李钢铁觉着难受，说不出的难受，她决定翌日就回国。

8

我陪李钢铁过了三十一岁生日。

"我肯定是因为双眼皮割坏了，破坏了运势，才嫁不出去的。"她自嘲。

"你爱阿坤吗？"我问。

她嗯了声，怅然。

一年，三百六十五天，眼看着时限就到了。也许阿坤正想办法回来，也许他遇到了一个同病相怜的女倒霉蛋，并肩流浪。李钢铁说，她还会等下去，等到自然而然地喜欢上另一个人为止。她不排斥那天，也不期待那天。如果真的没胆跟任何人在一起，那就生个孩子，孩儿他爹只要基因好就够了，抚养教育的开销全由她负责。

我说："李钢铁，你什么时候这么绝望？"

她说："这不是绝望啊，其实早在认识阿坤那会儿，就没了全情投入的魄力。几年来，不论生活事业爱情，都跟个运动员似的不停奔跑，是时候歇歇了。等爬起来，再继续战斗。"

爱情是难赢的战争，需要苛刻的天时、地利、人和。

李钢铁甩着挎包踢着长裙上了车，透过挡风玻璃跟我告别。她的故事就这么告一段落了。毕竟不是虚构的小说电影，我无法安排她在街角邂逅阿坤，虽说她最爱的女性角色是《甜蜜蜜》里张曼玉演的李翘，那个久别重逢的桥段，太过动人。

9

　　文章本该收尾。想来我又有一阵儿没约钢铁了，她过得怎样，不好在电话里细问。很快就是情人节，作为朋友，我默默观望便是。

　　而今天，她诈尸般地在朋友圈里 PO 了照片，一张是胳膊贴着胳膊的特写，文身鲜艳，图案如出一辙；另一张是插画作品，男人穿婚纱，女人着燕尾服。

　　我在评论里发了个"？"。

　　她回了个谜之微笑。

Chapter 3

唯一的真理，就是做自己

胖瘦美丑，都得好好往前走

减肥，来自对丑陋的恐惧。

小时候，我们村有两个"亮亮"，一个我，一个他。

他家挥金如土，我家吃糠喝粥。我们唯一的共同点是：腰围等于身高，基本接近球体。

村民的评价也是两极化。对他说："小孩儿富态，长大了跟你爸一样当大官！"对我说："你家那么困难，还能吃这么饱？啧啧啧，爸妈宠的咧！"

我被羞辱到大，想起来自个儿都会乐。

五年级，一百三十斤。去农田找妈妈，迎面几个小丫头，她们窃窃私语，咯咯地对我笑。我默默发愿：没笑我，没笑我。谁知其中一个大嗓门儿说道："你们闭嘴，说人家像猪多不礼貌！"我顿觉时间凝固，恨不能纵身飞离地球。

初四，一百九十斤。校主任送来重点高中录取通知书，夸赞我学业有成，问我长大后想干啥。我说，上电视。他笑得差点儿背过气，说："多大电视能装得下你啊？"

如是种种。

肥胖的确给我造成困扰，比如我无法自己擦脚，肚子上的脂肪阻止我弯腰。我因而练就绝活，用一只脚挑起毛巾擦另一只脚，还乐此不疲地展示给我妈。她愁眉苦脸地说："儿子，咱也不能一直这样啊。"

离开家乡，我只是个平凡的小丑，来自成绩的优越感也没了。同学们让我当守门员，我说我不会踢足球，他们直接问："那你还能干吗？"

他们不止叫我"猪"，还要冠上形容词，比如"蠢""大""白"，等等。我仿佛是为饺子馅而生的，不配跟大家玩耍。

都说肉体不过是心灵的宫殿，我的宫殿比别人壮观，却要劝自己心宽。

为什么决定减肥？因为我自尊心超强啊。小时候以为考第一就够了，为此我可以带着数学练习册上体育课。外面的世界强手如云，我的个人特征从"学霸"变成"胖子"，多忧伤。我另辟蹊径，活跃在校园文娱界，最高的评价是"唱歌真好，人不可貌相"。

什么叫"人不可貌相"，我讨厌这句话。你不论做了多少，始终美丑有别。

美人内向，你说人家高冷；丑人内向，你骂人家丧气。美人读书，你说人家有才；丑人读书，你说人家刻苦。凭什么？

我要改变命运。

饭量减半，戒掉肉，想吃了就嚼一嚼吐出来。第二周，晚餐改成生吃黄瓜，还配了罐老干妈。有天晚上，我看着窗外的大月亮生起幻觉：那么圆，还有不规则的黑印，不就是韭菜盒子嘛！垂涎三尺，泪流两行。

宿舍哥们儿过生日，桌上摆满啤酒烤串炸薯片，我拍手唱完生日歌，就去厕所看大便，遏制食欲。

除了有一次打羽毛球昏倒在运动场，其他基本顺利。

三个多月过去了，我换掉原来的衣服，从 XXXL 跳到 L 码。教室先是鸦雀无声，接着是惊叹，而后是叽叽喳喳的议论，最后是一片欢呼。

去商场买了一书包的衣服，赤橙黄绿青蓝紫，都是以前穿不了的。梦见锁骨没了，我惊慌醒来，反复摸。哦，还在。安然睡去。

两百来斤瘦到一百二，重新拥有鼻梁和脖子，跟"猪"再无关联。之后又用了一年多时间来摸索如何打扮，勉强挤进"帅哥"的行列。我的性格变了，不再回避镜子和照相机，也得到了更多机会树立自信。从"人不可貌相"到"才貌双全"，多少辛酸泪。

参加省里的艺术比赛，认识个投缘的大哥。他指导我的舞台表现，毫不客气地批评。

"老弟，你虽然长得好看，但是……"

"等等，你刚才说什么？"我打断他。

对，我只要听那句"虽然"。我做梦都没想到，"好看"这词儿有天会属于我。

大哥不解地摊开手，看着我神经兮兮的笑容，匪夷所思。

班里有个胖女孩儿叫晶晶，她眼看着我今非昔比、人气陡升，也决定瘦身。但她求急心切，懒得节食运动，直接大口大口地灌减肥药。每节课晶晶都要请假跑肚拉稀，嚷嚷着口渴胸闷，脾气越来越差。她还时常大哭，骂大家瞧不起她。这是减肥药的副作用，精神抑郁。

我在反弹后也试过一周的减肥药，效果不错，还送给了见面必吵的冤家一盒，缓解紧张关系。哪知他吃了几粒就开始狂躁，因为件鸡毛蒜皮的小事跟我绝交了。

胖子苦，一心要瘦的胖子更苦，谁不渴望美丽，谁不在意羞辱。记得有个叫阿忠的，一米八，三百斤，平时一副凡人不理的德行，毒舌黑嘴厚脸皮。我跟他去县城办事，下公交换乘三轮。三轮车师傅为难地打量他，没等张嘴，阿忠就甩了句："你先走，我后到。"

阿忠默默前行不吭声，我紧跟着在后面走。师傅应该是想多要点儿钱，毕竟阿忠分量大，加个两块钱就拉了。但对于一个胖子，这两块钱是明码标价的歧视。人们把钞票顺着跳脱衣舞的男人的腹肌塞进裤头，又去找胖子索要超重费，多么苦涩的现实。

阿忠的反常令我难忘。我不能胖回去，脂肪会夺走我苦心经营的一切。

痴迷于包装外表，新问题又来了。正如当年的学霸在重点高中被秒成渣，你永远不会是最好看的那个人。

跟小斌只有一面之缘，他长得帅，像李敏镐。我们因工作关系共事一天，气场不和，交流很少。上面发服装给我俩，一套肥大的，一套合身的。我跟小斌身材差不多，必然有一个要退让。可还没等我退让，他就把合身的那套抢走了，我穿得肥肥垮垮，一夜回到解放前，丑爆。

午餐时间，小斌吃了半份盒饭，神秘失踪。我去洗手间，听到痛苦的呕吐声，以为是谁喝多了。门打开，他脸色青黑，晃着出来。看到我，跟洗澡遇见色鬼一样，恼羞而逃。后来听说，他每每吃完饭，都要把胃里的东西从嗓子眼抠出来。很久以前，他也是个两百多斤的大胖子。

前几日，我在朋友圈里看到一张有他的合影，整容过度，口㖞眼斜。如果不是被点名道姓，我根本认不出是小斌。

他走上了另一条极端的路。人瘦了，心也窄了。

想把过去甩得远远，就必须不停往前。拥有了惊艳蜕变，更抗拒往事不堪。可是，如若活得不如以前轻松，卸掉旧累赘，背上新包袱，那瘦下来、美起来又有什么意义呢？

幸好我没变成小斌。

台前工作不好混，每个拼颜值的人，都有万千仇敌。我屡次败阵，还好有技术能力，能在潦倒时求个温饱。生活所迫，我没时间捯饬，经常脸不洗、牙不刷，从早到晚打字。

瘦，让人不同，但不会让人高枕无忧。我该感谢曾经那个小胖子，他从未得天独厚，所以懂得用功。穷则变，变则通。他减肥不是为了比别人强，而是为了比自己好。

这社会依然迷信外貌。长得好看些，再有点儿小技能，更容易出头。然而，它引来的风光，是脆弱而短暂的。你心态根基不好，即使用再多代价换来了美，也仅仅是个悲剧的开始。我曾自诩为重塑人生的成功者，唾弃所有不努力还瞎矫情的人：贪嘴而肥，就不要责怪社会；你不想减，就别怪旁人看脸。

现在只想说一句：你开心就好。这世界的分类，本不该是胖与瘦、美与丑，而是开心和不开心。

迪迪也是我在工作中认识的，从胸到腿之间有三层肉，轻轻一动都见哆嗦。

她的微信名是"一头失控的猪"，心真大。我认为这自信来自她成功的事业。她是一个广告公司的副总，管理一群瘦子。猪怎么了，人家是天蓬元帅级别，不是饺子馅。

熟识以后，她把以前的照片给我看，我差点儿跳起来。

"清瘦窈窕，亭亭玉立。怎可能是你？"

迪迪说，她曾经学过跳舞，身条羡煞女同学。后来生了病，用特殊方法治疗，给催胖了。这种肥胖几乎不可逆，她永远跟"美丽"无缘。

"我只要别胖到损害健康就行啦，还没享够福呢！"

迪迪还留下个金句："人要在努力中自爱，才配拥有未来。"

你不想胖下去？减啊！一个爱抱怨又玻璃心的懒胖子，多惨都活该。

你愿意胖下去？吃啊！只要你有本事好好过，干吗放弃口福折磨自己。

　　长篇大论地述说瘦身经历，因为那是我人生态度的缩影。我羡慕那些生来可以选择要什么、不要什么的人。我要拼好久，才有资格谈所谓的选择，所以必须玩儿命争取，为一线生机不遗余力。如今，我抽出更多时间用于写字，为保持热情勤奋进步，也付出不少心血，跟当初节食闻屁，是一样的状态。

　　你永远有不够好的那部分。关键是，这"不够好"，是给别人看的，还是针对你自己。受困于他人眼光，对自身不肯改变又无法接纳，活着干吗？

　　太多时候，不是老天不公平，而是你无能。

　　要么"修身"，要么养性。胖或瘦，美或丑，都得好好往前走。

你不是被重视，你只是一条狗

有人想活得低调，有人想活得出挑。有人想要隐身术，有人想要存在感。

对方一个"滚"字，有人大喜过望：他终于理我啦！有人黯然神伤：以后再也不跟他打交道了！

我曾是渴望被重视的那类人，害怕自己是团队里最无用的那个。跟几个同龄人进新单位，和领导共餐。其中一个特会来事儿，倒茶倒酒忙不停，全程没吃两口饭。领导对我冷笑低语："学学人家。"

五雷轰顶。

记得当初来应聘，领导说："跟我干吧，对得起你的优秀！"我感动得涕泗横流。另一家单位通知我入职，我说抱歉，我已名花有主。

现在呢，领导嫌我没眼力见儿，态度大不如前。不行，我得让他重新重视我。

我使出十八般武艺，让领导了解我有多么全能。他确实很惊喜："没想到你还有这么多本事啊！"于是，作图的活儿归我，文案的活儿归我，剪辑的活儿也归我。我骄傲，我是最忙碌的员工。

我连周日都不得闲，从早起忙到天黑。终于有时间垫垫肚子了，我刚出门，领导电话打来。

"现在把邮件发过来吧！"

不是说下周要吗？幸好我早做完了。我低声下气地问："能不能让我先吃个饭。"

"好，那我等你五分钟！"

五分钟？只够喝口水的。我告诉自己，这是领导重视你的表现，莫怪，要欢喜。一周过后，领导气急败坏地找我："文件做没做好？都一周了！"我委屈解释："邮件早发了啊，您不也确认过了吗？"

我是个随叫随到的好下属，时刻迎接命令。

生日那天，我依然在家赶工。领导良心发现，叫我出去吃顿大餐，还让我打扮帅气点。

守得云开见月明，你看，他终于重视我了。

豪华餐厅金碧辉煌，员工门围桌而坐。我思索着：这么大排场，是庆生顺便升职吗？哈哈哈哈……

没吃两口，几个服务员就把盘子撤走了，换上一桌新菜。有个穿马甲的大爷扛着摄像机对着我拍，是不是该发表生日感言？我满面堆笑地对镜头招手。

"低头吃菜。"领导按下我胳膊。

换了四桌菜，都没听见"生日快乐"四个字。摄像大爷装包走人，餐厅老板进来跟领导握手寒暄。

真相是残忍的——新饭店开张，需要客人用餐的素材做广告。老板一石二鸟，请了熟人又拍了视频，彼此都算给了面儿。

"关，回去忙吧。"

"好的，谢谢您。"

我不是被重视，我只是一条狗。

时过境迁，我反省自己。不怪别人对你不敬，只怪你无条件地卑微。

尊严从不靠妥协交换的。下跪等来的微笑，不是回报，是施舍。

后来，我眼见着许多初入社会的孩子，他们点头哈腰百般讨好。我想说：

吃你这套的，要么不是好领导，要么不会善待你。

不要因为身份低下而将就一切。一旦相处规则形成，想再翻身就难了。职场如此，友谊也如此。

顾小姐被闺蜜伤害了。她闺蜜强势霸道，我一向敬而远之。

"她很优秀，也帮过我。我总觉得欠她的，也珍惜她的重视。可我越来越觉得不大对，她正在突破我的底线。"顾小姐说。

闺蜜会在凌晨三点致电："我想起一个笑话段子，要听吗？"

闺蜜孕期出差，求助她："你能请假陪我一块儿去吗？我一个人保护不了肚子。"

闺蜜见她跟别人合作，怒斥道："那人不是个好东西，你必须跟他断绝来往。"

最无语的，是姐妹俩合作一个项目，上头迟迟不签合同，闺蜜要顾小姐单枪匹马谈判。

"小顾，你得学会争取自己的利益，不能一味退让。"

顾小姐心想：那你为什么不去？

顾小姐这次没有服从，她选择沉默，电话不接，信息不回。

一天后，合作方给她打电话："顾小姐，听你朋友说，你对这次合作不太放心，对吗？"

顾小姐哑然，欲哭无泪。

德国诗人吕克特说："真正的友谊，无论从正反看都应一样，不可能从前面看到是蔷薇，而从反面看是刺。"

我本想与你同台共舞，配角也无妨，可你却把我当道具，搬来挪去，磕磕碰碰。

讲这些故事，绝对不为指责别人多过分。毛病是惯的，脾气是养的，一个巴掌拍不响。

我们在旁人眼里确定个人价值，害怕被无视，担心被敌视。可却忘了：他联系你，不代表他在意你；他依赖你，不代表他尊重你。你不是谁人的附属品，你是个有血、有肉、有灵魂的人。

对方只看重自己，你何必锦上添花。低调谦卑，不代表软弱可欺，人和人本该界限分明、各自独立。

受成功学书籍影响，我也曾坚信，暂时忍辱，日后必会脱颖而出。怎奈光阴短暂，有限的时间没能用来历练能力、提升智慧，就算在别人裤裆下钻半辈子，也难有出头时。

我朋友招过一个员工，大学学生会主席，擅长逗领导开心，行酒令、黄段子信手拈来。大家貌似都很爱他，给他戴粉红发卡扮兔子，灌他到胃出血。然而他什么都不会，只能在应酬时活色生香。

实习期三个月结束，他没能留下来。走出大厦，左手是笔记本电脑，右手是胃药。

何苦呢。

请做无可替代的自己

1

我有过一段诡异的"替身"经历，可十八岁的我觉得很平常。

比如体检验血，我刚扎完针按着棉签出来，班主任说："十分钟后换条胳膊再进一次抽血室，替吴自立。"

约莫着吴自立是有什么病，所以来个偷梁换柱。我没多问，反正他家世显赫，老师都为他推磨。

说来奇怪，我的左胳膊是A型血，右胳膊是B型血。班主任满脸《走近科学》的悬疑："你确定两次都是你吗？"

吴自立知道我存在的重要意义，他很感谢我。

如果他是用下巴颏儿看人的纨绔子弟，凭我富贵不能淫的骄傲，打死也不会帮他。其实吴自立人很好，平时蔫蔫巴巴的，不是睡觉就是发愣，没力气炫富或使坏。可惜他名字不给力，果然是一丁点儿的自理能力都没有。

有天中午，吴自立想在学校打球，跟父母申请不回家吃饭。难得获准，他高兴极了，跟着我去小卖铺买方便面火腿肠，还挑了个铝制餐盒。

"开水在哪儿？开水在哪儿？"他蹦蹦跶跶地张望。

原来有钱人吃次"福满多"，居然跟过大年似的。我帮他冲方便面，内心脏话乱飞。

吃饱面喝足水，吴自立要亲自刷餐盒了。他在我身后忙活半天，浪费的水能壮半亩地。

"为什么洗不干净呢？"他撒娇。

我转身探头一望，差点儿吐血——吴自立两只手虔诚地捧着餐盒，任水龙头哗啦啦地冲刷。我夺过来，粗暴地插进手指。

"你得用手。"我循循善诱，"水的力量是有限的，明白吗？"

这就是吴自立。从小只吃削皮切块插牙签的水果，不上学都不知道苹果是圆的。

2

吴自立学习特差，所有教材只看过第一页。

他运气也特差，十道选择题蒙不对一个。

转眼到了高三，吴自立的父母真着急了。他们为了把儿子送进大学，研究出一个万全之策——参加艺考，降低文化分门槛。深思熟虑，最好考的就是传媒了，怎么说也比画画啦、唱歌啦可行。

可是，吴自立实在是块不可雕的朽木。他的眯缝眼似乎永远在沉睡，一米八几的个儿头给罗锅腰打了七折，说话张不开嘴，超过三句就结巴。

吴自立的爸妈找到了我，从天亮恳谈到天黑。那天起，我变成了吴自立。

"你嘴皮子利索口才好，肯定没问题。我们考场有熟人，你冒名顶替进去就行了。拜托了！"他妈说。

接下来就是彻底洗脑：我叫吴自立。你任何时候问我叫啥，我都只记得这三个字。它印在我准考证的照片底下，合二为一。

长春那三天，我跟真正的吴自立住宾馆标间。由于使命重大，他父母对我尤为关切。什么"冷不冷""饿不饿""心情好不好"，啰啰唆唆的。我说："放心吧，都好，考试发挥也不错。"他妈亲了我一口，说"好儿子"。

坐在床脚沉默的吴自立抬起头来，脸色惨绿。我余光瞟了眼他，来了个尴尬的对视。

晚上，我们各自戴耳机睡觉，谁都没跟谁讲话。翌日清早，我见他在自己洗苹果，又吃力地掰开水果刀笨拙地削皮。

3

"吴自立"的艺术面试成绩名列前茅，他爸妈送了我一件喜庆的红外套，还有上千元的电话卡。这足够满足一个日均伙食费四块八的穷小子。

还有小半年高考，大家都在紧张复习。吴自立后知后觉地打开课本，但什么都晚了。他的模拟考试成绩很惊悚，总分都不敌别人的单科。最后一次模拟考试都是傻瓜级题目，吴自立的分数却再创新低。

高考结果公布，我严重怀疑吴自立是撂下笔自暴自弃了。艺术学校也要看文化分，他没戏了。

吴自立只能复读，再多钱也救不了他。

在我上大学之前，吴自立约我吃晚饭，我很意外。自打艺考回来，他基本就没搭理过我。

"我觉得……我没有未来。"他说。

跟平素的哼哼唧唧相比，这句话吐字特别清晰。我安慰他说："一切还来得及。"

"谁都能做好吴自立，只有我做不好。我是个名字，没有价值。"

我竟然没有劝解，也无从劝解。

某种意义而言，吴自立在那一年才真正长大。无能比没钱还让人卑微，他懂了。

"我早该请你吃饭。"他端起酒杯，说几个字就咬咬嘴唇，"干杯吧。"

干完他就醉了，醉完他就哭了。我把他架到出租车里，手挥目送，情分结束。

4

吴自立是个好人，他本心亦是个干净的小孩儿。然而这没用，上天不会怜悯一个只会卖萌的儿童。希望他现在过得不错，真正以自己为荣。

成长的终极意义，就是变成一个无可替代的人。

肩膀上少了温暖的手，你会不会自己披上衣服？

有句甜言蜜语是这么说的 我就要惯着你，把你宠出一身毛病。这样，别人不敢要你，你就只能跟着我了。

被这鬼话温暖的人，不是被爱，是被害。

某天半夜我收到封邮件，发信人是兄弟的前女友。她说："帮我挽回他好吗？没了他我活不了。"

我没见过她，因为她跟兄弟的电话聊天惨不忍闻，我硌硬。

"老公，回家嘛，人家不会打开电脑啦！"

我问兄弟："她连电源键也不会按吗？"

兄弟苦笑说："鼠标都不会插。"

我觉得她不是真不会，而是在温柔乡里放弃了生存技能和基本智力，慢慢退化成白痴。重新独处，发现没人能依赖，自己无非是个被排出肠道的寄生虫。

他们的分手原因我不知道，也没权利义务去干涉。我寻思着，那女孩儿也不算残疾啊，打开电脑、插上鼠标、找我微博、搜我邮箱，挺行的嘛！我当时真是恨不能回复她：全世界有太多公主病、撒娇狂、傻白甜，所以他离开了你，也不缺同款补仓。而你呢，又活成了什么样子呢？

　　风景在变，路人在换。你总要寂寞地面对难熬的时刻，没人插得了手。
　　所以，请昂起头站稳脚，做无可替代的自己。

漫天的是非，做你的真理

W 先生是我的人生偶像，他辞去高薪稳定的工作闯荡帝都，当了十多年老北漂，无房无车无妻无子，就这么浪到了不惑之年。W 飞遍全国各地搞艺术创作，只有过年期间才跟老同学聚聚，跟七大姑八大姨聊聊。

一个老同学第八遍问他："为什么你还不结婚？"然后，搂着自己风韵犹存的漂亮媳妇，一副人生赢家的姿态。

"我给你讲个故事。"W 笑语，"我的大拇脚趾长得跟你们不一样。"

"得得得，这跟我有什么关系。"那同学打断了他。

W 点头："对，跟你没关系的事儿，别多问。"

W 就是这脾气，不管漫天是非，只做他的真理，他是我交际圈里的老帮菜之一。还有个女文青，叫 J，永远跟不上时代，和她笨拙的走姿一样犟。

在大家都买 iPad 看阅读 A=P 的时候，她还在报刊亭买纸质杂志；在大家都刷手机看公众号小文的时候，她终于买了台电子书阅读器。她不喜欢奢华的牌子，去的都是无印良品那种简单舒适的小店，添置些精致实用的东西。在我二十六岁生日那天，她送了我一只花盆，泥铸的假山形状，底下还掏了个窟窿。

"关，希望我们都能找到自己躲藏的洞。"

她跟我一样，讨厌那些强人所难的家伙。据说 J 有个爱抽风的领导，天天催着下属给他发邮件，搞得一群人鸡犬不宁。邮件发了，等到附件过期领导都没查收，回头还责骂下属们不及时敦促他。更要命的是，那领导喜欢绿色，恨不能把每张海报都设计成绿的，还让实习生穿他喜欢的绿鞋子上班，幸好那孩子不爱戴帽子。

"他还爱找大家谈心，连家事都要过问。"J愤愤不平道，"市场部老大上个月丧母，领导居然跟他说，谁让你总带老太太旅游，老太太是被你累死的。人家行孝，关他蛋事。再说老太太是尿毒症好吗，有没有点儿科学常识！"

而J也因为不苟言笑、行为过时被骂"活死人"，她说她妈都没这么教育过她。

地球上有太多自以为是的狂徒，他们以个人的审美、节奏和原则去干预别人，还美其名曰"好心好意"。他们以为掌握了发言权，并迫不及待、毫无分寸地使用它。这种人像极了"瀑布"，自以为居高临下，所以"口若悬河"。

大多数人都习惯说"你错了"，不为大是大非，只为宣布存在感。长舌妇亘古就有，从背后摆到明面也未见光彩。在我老家搬迁的时期，亲姐姐费了好一番工夫，把新房子装修得清新雅致。隔壁王婆、对门张叔、楼下李姨争相拜访，对着我家壁橱地板指指点点，问为啥不用大红色，那多喜庆啊。一边啧啧一边摇头，跟目睹了谁家的终身大憾一样。还有，父亲去世百天，我跟我姐扛着纸房子去墓地，隔壁王婆、对门张叔、楼下李姨争相问询价格，继而拍腿大呼贵，说哪哪儿的殡葬店便宜一半，唉声叹气地四散走开。

真是讨厌。我气得张牙舞爪。

本质上，绝对不能称其为恶意，只不过是陋习成风，身在鲍鱼之肆不觉臭罢了。有时会想，我活我的，你废话什么呢？也许你以为，我们很熟了呀。但你更要知道，即使我们很熟，人和人之间也要谨守分寸。大家生而不同、泾渭分明，谁也没权利成为谁的判官。

W把自己变成一尊强大的顽石，流水不腐；J给自己刨了个山洞，掩耳藏身。而我也越来越欣赏固执的人，毕竟这个唾沫成灾的世界，并不适合玻璃心。

别怕他人插嘴，只要心如止水。

近来，开始怀念幼时的伙伴，T 奶奶。她是整个农场最奇怪的老太婆，独来独往，没什么朋友，除了我。

以成人的世界观来判断，T 奶奶的一生，是大写的"失败"。她在离婚如禁忌的年代改嫁两次，被乡亲们骂得脑袋开花。后来，T 奶奶跟贫穷的新丈夫生了个智障，乡亲们拍手称快，说报应来了。

说实话，她的新丈夫并不怎样。在我印象里，那是位面目狰狞的大爷，染着比我还黑的头发，穿袍子，见人就翻白眼，极不友善。但 T 奶奶喜欢，她就喜欢逗他笑。

我总能听到街坊邻里吐槽他们老两口儿，议论半天也没听出来啥，无非是看不顺眼罢了。T 奶奶也绝非孤傲，她偶尔也会主动跟大妈们聊天。

大妈们说，我儿子去北京开会了，我儿子去美国溜达了，我儿子去妇产医院了。

T奶奶说，我儿子冷了会盖被了，咳嗽会找痰盂吐了，每天只摔三次跟头了。

然后大妈们嘎嘎大笑，T 奶奶也跟着呵呵地乐。

她儿子比我大二十三岁，我叫他"哥哥"。在哥哥病死之前，我曾和他们母子俩郊游过，去农场最大的那个树林。我从树上掉下来摔烂了膝盖，她背着我，哥哥扶着我屁股，跟头咕噜地回了家。T 奶奶爱唱歌，一路都在唱，嗓子清甜得像小姑娘。我听着听着就不疼了。

回到家后，妈妈斥责我："别跟那个怪奶奶玩儿了！"

我说："她可好了，还给我唱歌。"

我妈眼一瞪："你摔了，她还唱？！"

心大。Ｔ奶奶就是这样，她觉得人生没有值得悲伤的事。

哥哥咽气的第二天，Ｔ奶奶的老公脑溢血，没了；第三天，Ｔ奶奶心脏病发，也跟着走了。那时我还太小，不让去送葬，只能蹲家哭嚷着："怎么走了也不说一声啊！"

乡亲们口口相传："那个怪老太太可算没了，不遭罪了。"

而今我真想追问一句："她遭过啥罪？她大部分的时光，分明是强悍且快乐的。"

只有不快乐的人，才有闲暇指摘他人。他们绑着意识的枷锁，诅咒大步流星的过客，却对自身的狭隘浑然不觉；只有软弱的人，才畏惧风言风语，他们怕落单，怕众怒，却不想是不是真的做错什么。

Ｔ奶奶教会我许多道理，在二十年后的现在仍受用。

君子坦荡荡，活着的时间就那么长，别在意太多。

面对冒犯者，要么敢说不，要么微笑以对。

Chapter 4

我们在职场咆哮，
我们是傲娇的傻鸟

我的"黑化"史

1

1993 年 8 月，我终于上学了，不用羡慕背书包的邻居哥哥了。妈妈给我做了盆炖鸡，把鸡心塞我嘴里，说："吃啥补啥，你要多长心眼儿啊。"

但我辜负了我妈，依然是个冥顽不灵的傻瓜。老师说，红领巾是红旗的一角，我指着旗杆顶怒问：那为什么红旗还是完整的？老师说，红领巾是英雄们的鲜血染成的，我扯着脖领子怒问：那为什么洗完了还不掉色？

老师终于把我安放在教室最后排，跟教务主任的女儿同桌。她当年十二岁，一千多个日夜都蹲守在一年级，是个智障。

她喜欢捡铅笔屑吃，而且边吧唧嘴边说美味。我就不停拧转笔刀，直到她饱了为止。

我仍然以各种奇葩言行向老师展示脑残。比如老师让我去教室左边的小卖店买尺子。不过十米远，我居然迷路了，还哭着埋怨："为什么出教室往左拐是小卖店，出小卖店往左拐就不是教室呢？"

所有人都说我脑子有问题，只有妈妈不嫌弃我，乐此不疲地喂鸡心给我吃。

2

也许饮食疗法是有效的。到了初中，我居然成了全班第一。我会偶尔去看那个傻同桌，她也进步了，终于坐在了二年级教室，只是没人给她铅笔屑吃了。直到考上重点高中，我觉得重新做人的时机来了——班主任要我做班长，这可是聪明人才能担当的大任啊！他慈眉善目地拍着我的脑瓜顶儿，说加油吧孩子。跟他相比，我的小学老师可以去死了。

翌日，我受命收取教材费，厚厚一沓纸钞裹在透明塑料袋里，撂在没人的办公室里，还留了个字条。

后来班主任怒发冲冠地找我谈话，说："你就不怕丢吗？"

我委屈地说："哪有那么多坏人哦。"

老师气哼哼地，憋半天只冒出一句："你是个傻瓜。"

我是个傻瓜。世上最大的悲哀，就是承认自己的愚钝无能。我开始习惯低头走路，买了本《厚黑学》反夜啃，啃到三观混乱神志不清。痛定思痛，我立誓做个好好学习的哑巴，活埋在书本里，绝对不多说一句话、多做一件事。

我如愿以偿地成为学霸。高考之前有好心人劝我把手机关机，说那些有势力的坏学生会提前拿到考场信息，骚扰收买同考场的学霸，要他们递小抄。若不从或反悔，就撕烂你的卷子。于是我乖乖关机藏在宿舍吃泡面，只有下午五点到五点十分开机跟家人联系。我把开机时间告诉了最信任的朋友，她是个长得像小龙女一样的姑娘。我喜欢她，我觉得她也喜欢我。

某天的下午五点整，陌生电话打来，问我在哪儿。我磕磕巴巴地说在宿舍，然后门被踹开了。还没等回过神儿，我就被几个彪形大汉扛到酒店饭桌上。坐在对面的男孩儿满脸疤，笑得邪性。他露着舌钉说，请多多关照。

我在夜街买醉，打电话给小龙女，问她为什么要出卖我。她说没办法，要我面对社会的现实。我大喊着，把手机摔稀碎。

2005年，舞弊成风，全省高考成绩实现大飞跃。我只考上个二本，因家境拮据拒绝复读。

3

到了大学，我成了众人眼里最狡诈的人，知道怎么讨老师喜欢，知道跟人保持距离。为了拿到助学金，我躲在人迹罕至的垃圾堆旁，吃五块钱一碗的水果冰粥。

可我还是被举报了，他们说我有钱染黄头发。我辩解："染个头发只要十五。"他们做瞠目结舌难以置信状："十五哦！"

除此之外顺风顺水。为了赚更多钱，我在劳动节假期接商演主持，就是那种卖场开业搭台子演节目、一堆大爷大妈抢免费礼物的活动。有一场盛况空前，商家要我多撑半小时，我爽快答应，结账时发现分文未多。我据理力争，对方却说："给你多少拿多少，又没签合同。"

咳，社会比学校黑暗多了。去电视台实习，穿着赞助商的衣服，光鲜亮丽地出镜。录完节目返程途中翻了车，好不容易爬出土沟，半条胳膊都是血口子。领导亲切致电："衣服没弄脏吧？"

都是些什么人。

守得云开见月明，2009年，我应聘进了河北台。作为一个村里长大的孩子，这可是光宗耀祖的大事。况且，我还是新实习生里风头最强劲的，名副其实的采访剪片小能手啊。谁料老天弄人，我居然跟一个老编导报了相同的选题。那编导叫小蕾，身怀六甲大肚溜圆。电视台竞争激烈压力山大，不到预产期不敢歇假。她眼神复杂地瞅着我："选题一样没关系，一起干，你做资讯，我做专题，出两个摄制组。"

我们完成各自的拍摄任务，被强留下吃家宴。小蕾说："人家盛情难却，你陪着，我替你剪片。"我欣然答应。酒足饭饱后赶回单位，问小蕾剪得怎样了。她在众目睽睽下大喊道："没搞错吧？你的片子让我搞，实习生口气不小！"

因为这次坑害，险些酿成播出事故。我在机房气得抖如筛糠，交片后彻夜失眠。

4

2010 年，我辞去台里工作，在北京开始新一轮实习。

还是做电视，还是当编导。不同的是，我已百炼成钢。

有个女员工让我想起小蕾，那个万恶不赦的小蕾。她尽分派给我些细碎的任务，盛气凌人没好脸色，还总跟领导告我状。我忍了，酝酿着有朝一日，除掉她。

我用两个月的时间，跟领导、摄像组和后期组混熟。他们的剪辑软件是另一套，我需要从零学起。只要不外出，我就蹲剪辑室里偷师，默默记住那些快捷键，晚上写在记事本里，在脑海里操作一遍。

机会来了。台里要裁员，收视率最低的编导将被斩落马下。两个预定受访嘉宾，交给我跟那女员工挑选。其中一个嘉宾善于言谈，影响力又更大，为了争取到他，我亲自登门拜访敲定时间，又找领导说周末有安排必须尽早去采访。而后，我带着最好的摄像师出发，晚上潜入剪辑房亲自上手，干了两天两夜终于成片。接着，我又跟领导请求，谎称要补镜头，必须将我的片子推到下下周播出。那女员工兵荒马乱、仓促赶工后，不出所料地失败了。

"真可惜。"我拍着那女员工的肩，意味深长地微笑。

我是眼见着她走的。那一瞬，我满心是胜者的快意，眼前浮现大肚溜圆的小蕾，还有出卖我的小龙女，还有无数无数的甲乙丙丁。

她的办公桌空了，日复一日，我竟生起些失落。伴随失落而来的，是对自己的恶心。

真的，我变成了自己最惧怕的那种人，并且还因此亢奋。这是多么怪异的体验！

5

自那以后，我很少受谁欺负。我变成了"聪明人"，不再吃亏，不再被嘲笑。

2013 年，经历最后一轮尔虞我诈，我决定辞职，过逍遥自在的生活。

妈妈已经老得炖不动鸡了，我得回吉林帮忙干体力活儿。原来的小学早都拆了，变成大棚养殖基地，吊车拖拉机神马的停靠在滑梯秋千旁，羞辱着我的童年。

老师们都调到市里教书了，只有没啥文化的教务主任还坚守阵地，化身门卫大爷。

我站在学校对面的柏油马路上，看着他在大门口抽烟。不一会儿，一个胖乎乎的女人出来了，罗圈儿腿八字步，熟悉得很。是我的傻同桌，就是她。

她拎着桶脏水，奋力地泼出去，脚踩在冰上差点儿滑倒。她爸呵斥着，骂骂咧咧地拽她进屋了。

连她也三十好几了吧！我推算着，忽然眼底热热的。

我为什么要哭？

失意电台 2008

1

我爱写我的工作经历，因为太丰富。单位换过十多个，故事攒了一大把。

大学期间，我还做过电台主播，每月工资四百块钱。

面试经历很蹊跷。我被传单上的招聘启事召唤而来，眼前却是正在施工的毛坯房，暴土扬尘，七八个应聘的坐在板凳上，此起彼伏地咳嗽。我找了个板凳待着，跟众人一起看向对面的考官。那是个穿黑西装戴眼镜的胖男人，在这氛围之中像极了卖房子的。阳台那儿有个女的，四十来岁，跷着兰花指晒太阳，蛤蟆镜锃亮反光。

黑社会啊！我立即脑补一场杀人越货的惊天阴谋。

"大家读点儿东西吧！"男人给我们人手一份旧报纸，"随便读。"

耳边响起千奇百怪的口音。只有一个女孩儿还算凑合，她叫陈天。

到我了，一开嗓，阳台女人摘掉了蛤蟆镜。

我跟陈天一起入选，还有一个没参加面试的男人，叫朱强。他是阳台女人的远房亲戚，三十而立还没个靠谱工作，就从收发室给派过来了。

正式上班第一天，我们仨要接受岗位培训。装修一新的直播间看着像那么回事儿，还有个小厨房和休息室。

"我们有三档节目，《昼间音乐会》《午后留声机》《夜来夜经典》，内容设置都差不多，点歌。"阳台女人双手抬起，"加油干！"

你可能会疑惑：其他时段的节目谁来做？拜托，其他时段的"节目"才是电台的重点——医药广告。就是那种请专家答疑解惑，最后让你买他们产品的那种。录音文件会从县里批量传来，由朱强负责接收、播放。再说直接点儿，我们仨的节目才是插播的广告、正菜的佐餐。

三天培训时间，阳台女人还在阳台跷兰花指。她说要给手上晒出颗痣，能捞钱。直到我们搭配得没那么生涩了，播出设备也玩儿转了，她便心满意足地离开了。

"每个月会有人来给你们开会、发钱，我也会天天听你们的表现哦。"

偌大的单位，只剩三个呆货相依为命。

2

这是一份诡异的工作，毁灭了我对主播职业的完美畅想。陈天也是，她眼瞅着毕业，好不容易有了工作，还得考虑再找下家。这个傻白甜丫头时常嘟囔：你说我该哭还是该笑，呵呵。

朱强最为爱岗敬业。他平时就住在单位，打扫卫生、上节目、练习普通话，很少跟我俩聊天。相比以前的日子，朱强算否极泰来了。

我的状况不同于他们：还有一年才毕业，人生充满无限可能，眼下干什么都不吃亏。也许正是这自鸣得意的轻狂把我给坑了，直播第一天就犯了错误。

"手机尾号为2218的朋友点播周杰伦的《爷爷泡的茶》，别着急，爷爷现在就给你泡！"

我说这话压根没走脑子，陈天打盹，也没过耳。节目播完，阳台女人电话就来了。

"小关，你故障了？"

丢脸啊，居然成为第一个被扣钱的员工。因为这口误，我跟朱强和陈天的距离反而拉近了。

"我以前还有过更过分的呢！"我脸也不要了，跟讲什么光彩事儿似的，"原来有个酸奶厂商办演唱会，歌手唱完就给观众发酸奶。我没话找话，问了句，观众更喜欢你的歌，还是你的奶？"

朱强听愣了，酒糟鼻扩张成一枚橘子。

"那歌手怎么说？"陈天追问。

"歌手瞪了我一眼，说，你的奶！"

他俩笑得喘不过气。其实跟笑点低的人相处很容易，他们内心无比柔软随和。

唯有相互取暖，才可对抗无聊。有一天替朱强值夜班，醒来往直播间一瞧，他俩敷着海藻泥面膜跟鬼一样，还一本正经地跟听众们聊音乐。为了腾出洗脸的时间，他们说，满足听众朋友的要求，来听一首《北京欢迎你》。那歌曲七分十七秒，尿急的时候我们就放。

卖药广告一开始，我们仨就去准备午餐了。陈天和我负责采购，朱强是主厨，刀工比机器还规整精致。这日子过得跟家似的，挺好。

3

平心而论，这份工作对我的专业是有提升的。学了那么久的播音，从来不知道操控台还有"cough"键，就是咳嗽打喷嚏时用的。也从来不知道听众短信界面长什么样，是节目瞎编的，还是真有。

我们《夜来夜经典》的互动量特别大，一小时能有上百条短信。听众多是些中学生，起个春花秋月的网名，刷屏诅咒舍友或感慨初恋。

"我爱上了隔壁班的男孩儿，要不要表白呢？"

陈天会问："他帅不帅呢？很有魅力吧！"

朱强会说："你年纪还太小，要是觉得没戏那就理智点儿。"

难怪，他俩性格、性别、岁数都不同，一个想找王子，一个想早当爹。

朱强太内向，只谈过一次恋爱，还是被甩。他现在隔三岔五地相亲，也因为条件差屡战屡败。

他只有一千块钱的月工资，勉强填饱自己肚子。阳台女人说好给他涨钱，却迟迟没兑现。

"我想问主持人，你们对未来有什么设想吗？"

陈天会说，要疯疯癫癫；朱强会说，想平平淡淡。

我呢，不过是大学外逃人员，未来还遥不可及。

我们都是对明天不太信任的家伙，不知道下一步能走到哪儿去。日复一日，我们仨对听众的夸奖产生了免疫力，最初的那点儿兴奋和虚荣也都没了，回复他们的问题，反而挖出整颗心的负能量。

"我是你们的老听众了，这是给你们发的第七十六条短信。我叫等爱的小山羊，记得我吗？我又失恋了。"

"送给小山羊一首《分手快乐》。"我没精打采地说。

4

我们关系越来越熟，能聊的话题却变少了。朱强抱着电脑刷新招聘广告，陈天躲厕所跟新交往的男友煲电话粥。

某天中午，我说："今天我刷碗吧，我要辞职了。"

朱强和陈天面面相觑，他们一起张嘴貌似要说什么，又一起闭嘴低下脑袋。

晚上，我最后一次做《夜来支经典》。听众们挽留，说不要走不要走，我说，我得好好上学去了。

毕竟干了几个月，还是有点儿舍不得的。我把短信拷贝到 U 盘里，留作纪念。

"我听到你有哭腔啦，是怕想我们吧！"陈天问道。

朱强举起啤酒，难得像个爽快的大老爷们儿，直接对瓶吹。他说万没想到，第一个逃离阵营的是我。我说，我知道你们俩也会走，所以必须先走啊。

那晚我们聊了许多，比如朱强曾偷偷喜欢过陈天，还特别不想让我跟她搭档；比如陈天开始很喜欢我，自从"爷爷泡茶事件"之后，就觉得我跌落神坛了。

第二天，我帮朱强擦了桌子扫了地，给他俩留下一堆零食，道别。

明天总会到来，只是你今天无从预料。新同事们不会笑，也不敢在直播间里敷面膜。而《北京欢迎你》也没人再播放了，它属于 2008 年，标注着我的回忆。

大学毕业第二年，我再一次回到保定，专程去了趟单位原址。

跟他们的最后一次联系，是在很久前。陈天告诉我她也辞职了，说朱强也许会留在那儿。我幻想推开门，朱强正打扫卫生，他会拱着酒糟鼻问我，你怎么来啦？

事实是，人去楼空，大门紧锁。

我一步一步下了楼梯，双脚越来越沉。平庸无奇的过往，涌动层层波澜。人越往前走，越愿意缅怀些简单的东西，哪怕乏味到没有故事可讲。

来之前，我从电脑里调出了听众短信留言的存档。有一条是：你以后会怀念主持这个节目的日子吗？

当然会，只是当初不相信。

关不上的抽屉，有你唱过的歌

1

我曾是资深记者，阅人无数。

因为长得太萌，在新闻部工作时，只能去报道大爷大妈的秧歌比赛，不能深入一线披露民生疾苦。唯一那次直面犯罪现场，是去暗访套牌车黑市交易。偷拍设备被不法分子发现，被追杀三条街，跑得鞋都飞了。

然而这些不能阻挡我的职业热情。在跳槽之后，我干的还是记者行当，负责的是大咖云集的音乐节目。

说实话，我觉得这可能更适合我。毕竟对于一个二十岁出头的年轻人，追星情结还在。何况我是个矫情的穷文青，买演唱会门票有如大腿割肉，借工作之便满足私心，赚的少也不算亏。然而事实并不如想象的美好，我听命于巫婆领导，跟经纪人们周旋，想尽一切办法拍到更多明星花絮。

"何洁的素材不够，休息室进不去，咋办？"摄像师问我。

我正惆怅，余光瞟到何洁去卫生间的背影。然后，我跟摄像师没节操地蹲在女厕所门口，半分钟后觉得实在太堕落，就蹑手蹑脚地离开了。

这样的尴尬是常有的事儿，没辙。在饭碗的压力下，我把明星们当成猎物。所谓的仰慕与欢喜，荡然无存。

2

同事曾问我，喜欢的第一个男星是谁。

我笃定地说："是任静和付笛生。"

她听闻这个惊悚的答案，满口茶水喷出三米远："洗洗更健康那俩？"

1998年，我有了第一台随身听，那是我绝食两顿软磨硬泡才得到的。一百四十块钱，这对一个贫困家庭而言是十件衣服的开销。从春天到夏天，我只抱着一本卡带反复听，A面第一曲就是《知心爱人》。然后，我顺带知道了温兆伦、何静、韩磊、金学峰，还有刚出道的王力宏。

我妈开始心疼我，因为那本磁带都听烂了我还在各种循环播放。她带我到集市上，盗版卡带十块钱三本，我很快攒了俩抽屉。

于是当我见到萧亚轩本人的时候，第一意识是磁带封面变活了。她应该躺在我的抽屉里才对啊。

领导让我一定要采访她，可她经纪人不允许。于是我老谋深算如梅长苏附体，跟摄像和摄助开紧急会议。

"她经纪人答应录节目祝词，但需要大字报提词。一会儿，拜托摄助写好大字报卷起来，以最弱智的速度展开，记住要故意拿反，举起来以后再装作才发现，把字报松手扔在地上，再慢吞吞地捡起来，不停赔礼道歉，这样就能帮我争取半分钟的时间。摄像大哥，你要一直开机，我的话筒会悄悄举着，能录多少录多少。"

一切井然有序地进行，我在摄助装傻卖呆的间隙赶紧发问："你觉得这张唱片能卖多少张？"

她很真诚，说："不敢预计，因为唱片不景气，没人买。"

而后，她又回答了我两个问题，采访任务总算完成。可我总觉得不是滋味，毕竟用的不是光明正大的方法，甚至有点儿龌龊。

　　头发甩甩大步地走开，不怜悯心底小小悲哀……

　　遥想千禧年，这首歌红到了我们村儿，那些涂红指甲油的大姑娘们满口糙子味儿地唱"一个银活得精彩"，扭胯甩臀地赶大集。我淌着清水鼻涕，捧着《红蔷薇》爱不释手。

3

　　成功做了三期节目，我已被锻造成见机行事的高手。看到汪峰穿紧身裤，我会先赞美他的腿；感觉周笔畅不善言谈，我会故意傻乐几声调节气氛。当然，也遇到些并不友善的咖，他们不耐烦地听我阐述采访提纲，开录一刹那笑容扬起，满面春风地问候粉丝。还有个本来十分喜欢的男歌手，冲过来直指我怒吼："没化妆呢，拍什么拍！"糊上粉底后，他对镜头说，自己是个特别柔和的人，容易受伤害。

　　没那么红的老歌手其实更好相处。我说的是唱《爱你在心口难开》的那个张蔷，曾经名噪一时，现在很少露面。她下了舞台就把采访的事儿忘了，我傻不拉几地追到宾馆敲她门。
　　她就像个和气的邻家阿姨，心疼地说："不好意思，咱们这就录吧。"
　　我也怕耽误她睡眠，抓紧开工。巫婆领导的催促电话打来，我直接关机了。
　　张蔷说："你接啊，没关系的。"
　　我说："不行，这是工作时间。"
　　她点头笑说："你很认真。"
　　采访过后，节目组的大巴车已经开走了。巫婆导演发信息说：我们回组了，不会因为你一个人耽误一车人。我在街头等了半个钟头才打到车，寒风瑟瑟，但心里是暖的。

确切地说，我不算"狗仔"，但在上司和大腕眼里，我就是一条追着食跑的小狗。怎么会有人在意小狗的理想。

好在王菲终于复出了，她是我永远采访不到的人。门票不好抢，但朋友帮我搞到了，我无比甘愿地掏出半数存款，随着汹涌人流踏入北京五棵松体育馆。她举着扩音器，抬起瘦削的腮骨高唱。

一个一个偶像都不过如此，沉迷过的偶像一个个消失……

她躺在我抽屉里的那年，爱上了二十岁的谢霆锋。

我宁愿遥不可及地望着你，仿佛我的少年还在，仿佛我的生活还未腐坏。

4

我想辞职。每天提心吊胆的日子，受够了。

那个多事之秋，爸爸又住了次院，妈妈又大哭一场。我被迫长大，盼着忙完回家好好过个年。也是那段时日，我无数次自省，曾经是怎样活着的。

年纪太小的孩子，会为莫名其妙的尊严，莫名其妙地坚持，长大了不会。

年纪太小的孩子，会为莫名其妙的际遇，莫名其妙地感动，长大了很难。

记得那会儿，山东卫视每早六点钟都播放一堆音乐电视，其间还穿插"城里的人、乡下的人都漂亮"的摩丝广告。有一支 MV 是熊天平的，他张开双臂遥望一群扑打翅膀的飞鸟，歌叫《雪候鸟》。我天天等着赶大集，把他的磁带收进抽屉。爸爸满足了我的愿望，带我去买正版，单价十多块钱。

我盯着磁带封面发呆：真是个清俊美好的流浪汉，以后我要成为他。

辞职前采访的最后一位歌手，就是熊天平。他娶了内地音乐人为妻，体重飙到一百公斤。

岁月匆匆，我们都已不同。

舞台上，他步履蹒跚小心翼翼，也许是发福的缘故，握话筒的姿势都笨拙得要命，眼神游移不定。我凝望着大腹便便的他，嘴巴好久没有合上。

我在休息室迎接熊天平，然后，把酝酿许久的愿望，一字一顿地说了出来。

"有个歌迷，很喜欢您唱的《雪候鸟》，您能清唱一次吗？"

"好啊。"

我举着麦，额头靠向膝盖，听他唱着，眼前掠过扑打翅膀的飞鸟。

唱完，他问我怎么了，我摇头哽咽着说没事。

5

辞职后我不再追星，但每年都会去听次演唱会。不久后，我扔掉了大部分磁带，带着剩下的一抽屉坐上卡车，举家搬迁。

司机问我："小伙子，你是做什么的？"

我装作没听见。伸手够着车窗外的毛毛雨，冰凉凉的。

我下意识地晃晃手，像是在对什么告别。

怀抱真实，
才配得上更好的梦境。

.我们怀着想念，共渡山长水远。重逢之前，勿忘心安。

. 每个相遇都不是偶然,
我们要因此欢喜心安。

.你抱怨琐事太多，
你感叹故事太少，
你猛然想起他，
才惊觉自己变老。

．生时享尽春光好，死后烂成满地泥。

.世间大多问题是无解的，正如你为什么是这样的人。

我知道，我脚下踏过的这片狼藉，是少年时的光阴。

.用一秒燃起火花，再用一生完成默契。

跟你讨厌的人做朋友吧

我渴望一见如故。

我不是自来熟的人，也不信任自来熟。他们热得快凉得快，来去匆匆靠不住，不长情。可快节奏的生活，让我们没时间慢慢了解一个人。朋友不多，也是无奈。

反而更容易讨厌一个人——那谁太无聊，那谁太招摇，那谁爱抽烟，那谁爱吐痰。包容、善意，成了交际的奢侈品。

跟讨厌的人成为朋友，是怎样的体验？偶像剧里的男女主角，好多从打架斗殴变成恩爱白头，观众爱看，我们不敢，怕打架斗殴变成血海深仇。

曾在一个破单位混过，那个破单位充斥着我讨厌的和讨厌我的人。

记得当初去应聘，站在办公室门口迟迟没敲门，里面是一男一女的对话。后来我才知道，男的是导演，女的是制片人。

男："怎么这么热！"

女："空调里有鸟窝。"

男："请师傅修啊！"

女："又得花钱。"

男："我们的节目还没拉来广告，怎么办？"

女："继续拉。"

男："要不，摄像师取相机，收他们租赁费？"

女："疯了吧你，干活的人还要交钱？"

我预感到这是个不一般的单位。怪不得整个办公楼有股阴森森的怨气。我被聘用也是情理之中：一、便宜；二、缺人。

"撰稿、采访、配音、编辑，你一个人来。"

天降大任，我惊呆了。外出拍摄第一天，我拿着带子去后期机房。领导给我安排了一个固定的剪辑师——吕姐。

"吕姐，我们开始剪吧！"我点头哈腰。

吕姐裹着毛毯，头发被空调冷风吹得乱飞。听说机房设备好久没更新，工作站发烫死机很常见。没钱换，就进行非人道降温处理。

她一回头，我吓傻。简直是戴了假发的男人，满脸穷凶极恶，两条法令纹垂成"八"字，眼梢却向上吊着。

"配音给我。"她说。

"什么？"

"先有音频，再贴视频素材，这是剪片子的专业流程。"她鄙视我。

我发誓接下来的遭遇绝无虚言。

我找个地儿打了配音稿，交给总编辑审。总编辑摘下老花镜，把我的稿子揉成一团："我六十多岁了，你拿五号字体给我看，盼我早瞎是吗？"

我赶紧去重弄，打印室的美眉正跟男友煲电话粥。见我举着U盘，她居然大步流星地出去了。没关系，我又不是没长手。不料纸张出了半截卡死了，我往外一扯，打印机碎了！美眉听到动静跑进来，跟被强暴了似的抑脖子大喊："来人哪！"

打印机修好了，我带着三号字体过了审，又飞奔去配音。钻进录音室，我傻了眼：录音开关在哪儿？我求爷爷告奶奶，那些员工当我透明，不闻不问。

我终于把配音文件交给了吕姐。吕姐伸个懒腰看看表，悠悠地说："哟，下班时间到了哦，明天再剪吧！"

我欲哭无泪。这些人哪来的愤怒与嫌弃，为什么要如此对待一个小孩子呢！

当晚我做了个美梦，吊打吕姐。她鼻涕眼泪倒流，说："好汉饶命，民女不敢了。"

第二天，我用苦练一早的假笑面对吕姐。

"吕姐呀，我看湖南卫视的字幕，都是能飞的。咱们的字幕可以飞吗？就是从这边儿飘到那边儿。"我比画着。

她一耸肩："不会飞。"

"……"

吕姐打开非线编辑软件，连点鼠标都是慢动作。每隔两分钟，她都要跑去跟其他工位的剪辑师聊天。什么"姐你这丝袜哪儿买的""财务部的人特傻缺""女人四十一枝花"，等等。

到下午两点，她只给我剪出一分钟来。

"哎哟，小关对不起，我儿子今天过七岁生日，我得给他订蛋糕，咱明天再剪？"吕姐的法令纹挑出诡异的弧度。

"好。"我傻呆呆地点头。

第三天，我早早在工位上等吕姐。她无视我的招呼，脱衣、沏茶、上厕所，忙了好一会儿才坐稳当。

我拿出准备好的一盒彩笔："祝你家宝贝生日快乐。"

她低头瞥了眼，表情不自然。

"谢谢。"

如果昨天的效率是牛车，今天简直就是火箭哪！吕姐聚精会神、手速飞快，中途只开了一次小差——财务那边电话铃响，她和一群剪辑师纷纷起立，脚跷得老高，窸窸窣窣地议论："是不是要发工资了？仨月了终于等着钱了！"

并没有，空欢喜一场。吕姐坐下来，抬头纹耷拉到下巴。她落寞地握起鼠标，继续干活儿。

一瞬间，我没那么恨她了。在一个待遇凉薄的环境里，她和他们，都是平庸渺小的蝼蚁。对外来者的轻蔑，并非是真正的讨厌，而是变相地守护自己的尊严。

是啊，我只是个小孩子，凭什么指挥她，跟她分一杯羹？

第四天，吕姐回赠了我一份厚礼——她给我做了个漂亮的字幕特效，我让她反复重放，她说我像傻子。

"小关，你是会做电视的，你的台本和创意都很好。但姐想跟你说，这里只是你的跳板，干活儿不要太卖力。以咱领导的风格，一旦知道你手快，你会很快被累死，还不给你收尸。"她说完，对我微微一笑。虽然特别丑，但能看出是善意的。

我和吕姐成了好朋友。她说，第一眼看到我就想赶走我，小伙儿看着太矫情。我说："吕姐，你是童话里巫婆的神还原。"她笑得一口茶喷出来。

有时，对别人的讨厌，是自心负能量的折射。我们通过假想敌来释放不满，把对方虚构得无比丑恶。莫名其妙的仇恨，阻挡了两个本该成为朋友的人。

相见恨晚是遗憾，相知恨晚更是遗憾。

好在我和吕姐不遗憾。她于我亦师亦友，一面传授偷懒经验，一面自相矛盾地说，到了别的地方，还是要做个兢兢业业的人。

导演巨抠，八期片子给我两百块钱。我该学的都学到了，走得没遗憾。

我拜托吕姐帮我拷贝一份节目成品，做简历资料用。工作证早上交了，我进不了单位，只能隔着后墙栅栏跟她交接。

她甩着马尾辫，趿着大板鞋朝我跑来，手里攥着两张光盘。

"吕姐，谢谢你。"

"甭客气，你要好好干，别怕受欺负，你会熬出来的。"她胳膊穿过栅栏，拍拍我肩膀。

跟讨厌的人做朋友，很打脸。不是冤家不聚头，多奇妙。

那是我跟吕姐最后一次见面。一晃十多年了，每当我看到面目可憎的家伙，都会告诫自己：也许他是第二个吕姐呢！失望得很，大多数并不是。他们越相处越讨厌，三观相悖，彼此为难。

可我不后悔。

易怒的人，心里有无限温柔；柔和的眼，必过目万种沧桑。总有表里不一的人，在合适的契机对你微笑。

日久方知人心，第一印象未必可信。有的人像榴梿，有的人是芬芳的毒药。最暖的台词是：原来你人这么好，只是我当初并不知道。

Chapter 5

我热爱的女子，
多想给你大房子

"怪人"草小姐

1

草小姐是我在《中国成语大会》比赛中认识的搭档。

我其实更渴望导演组给我安排个男的，就一个原因——事儿少。当初在填表格时，有一栏是"对搭档的要求"，我大笔一挥，暗示性地写下了：别嫌我抽烟。

老实说，我真是被女的给伤怕了。印象中慈眉善目的女人，只有我娘、我姐，还有隔壁李大妈。工作后，频频接触些浓妆艳抹的奇葩，真是招架不住。

很早前，我是演员身边的小宣传，不自量力地带了个影后。因为叫了句"姐"，她以为我笑她岁数大，气得多毛，那对因隆鼻而上翻的鼻孔又撑大了几倍。在化妆间，她反复质问我："你叫别的演员'奶奶'，还是'阿姨'？"

后来，我接了个电视节目，做主持。初见那个傲娇的女搭档，她正化妆，粉底盖得五官都没了。见到镜子里的我，似是遭到了冒犯，紧紧闭上了眼睛。录制前的准备时间，任凭我怎么示好，她都不搭腔，却在摄像机启动后自注鸡血，蹭着我肩膀喋喋不休。我被她的热情惊到了，等缓过神来，才发现我的台词都被神不知鬼不觉地抢走了。

那期节目很难看，我一直像个傻子似的努力张嘴。她在偶尔瞥向我时，露出诡异的笑容。

点开草小姐的简历，一张乱头发的自拍，满是夜色的噪点，还加了个LOMO滤镜。我看不大清她的容貌，只是表格上"对搭档的要求"一栏很醒目：别怕被我连累。

2

记得在我已经开笔，正式成为作者的那段时间，依然有节目通告接二连三地找到我。那时我已算是身经百战，遇到窘境也可以保持表面的淡定。说穿了其实是对台前工作的厌烦，更享受跟电脑为伴的日子，所以没那么在意了。

一起试镜的，是我大学师妹，没什么交集，只是知道彼此的名字罢了。据说她毕业后顺风顺水，使尽浑身解数爬进了省级卫视。

她从车里走出来，两条腿好像要折断的铅笔，直溜溜的。我礼貌地寒暄了句"你好"，她拉着墨镜嘴角下扯，耸着肩膀说："关亮啊？哦……不对不对，你改名了。那我叫你……关熙潮好了，是这仨字儿吧？"

"是。"我平淡地回答，不想再多看她一眼。无奈她脸上的粉太厚腻，唇彩也太扎眼，无法不去注意。

2015 年 10 月，我第一次见到草小姐真人。

那是在邯郸节目组吃的第一顿晚餐。她扎了个随意无比的辫子，穿着黑袍子朝我走来。我看得清她脸上的每颗痘，脂粉未施。透过草小姐的近视镜，隐约看到她没有焦距的目光，疲惫游离。

在大圆桌上，每个人都为了打破陌生而刻意谈笑，她佝偻着腰往嘴里送菜，很少插话，也绝不刻意逢迎地表演欢乐。我想，没人会觉得这姑娘是漂亮的，她普通得名如其人。

草小姐基本都是用两个字来回应我，其中还包括一个友善的语气用字。

我说："咱俩接下来要背词典了。"

她点头答："好啊。"

然后，直了直腰，把远处的毛血旺夹到饭碗里。

直到导演选拔那天，所有作家选手和高校生都迅速进入备战状态。

草小姐悠悠地说："我应该注意一下颜值，该配副隐形了。"

我问："要我陪吗？"

她口是心非地说："你要忙就忙你的。"眼睛却不听话地聚焦出两束光。

我会意地笑笑："不忙。"

邯郸的冬天居然比北京来得早，我俩吐着白哈气，在街头寻找眼镜店。她说她是张家口人，那里的空气跟她的性格一样冷清，好在，有热腾腾的坝上烤肉。

当她涂着红唇走进练习室，步伐依旧是低调的，跟怕惊动了谁似的。细致勾勒的眉眼，将懒散的神态瞬间转化成不可名状的性感。

原来她是美的。

3

师妹的步伐铿锵有力，跟草小姐在棉花上走路的状态截然不同。她有意地踩着高跟鞋，营造女王驾临的气场。等编导留意到她的美腿，她才时机正好地摘下墨镜，露出比腿还纤长的假睫毛。

"我们没有题字器，需要脱稿，但文字比较多，两位有问题吗？"

师妹笑吟吟地抢白："没问题的。"

说好给二十分钟的准备时间，我全神贯注地看着纸上字，师妹却在一旁喋喋不休："我今年该换车了，这车开得不得劲儿，啧啧。生意也忙，还要录节目，一个月不挣个十万八万的，根本不够我花。"

第五分钟，她忽然大喊一声："我们准备好啦！"

我双手一抖，以为自己听错了。工作人员惊呼我俩神速，让我们去演播厅一个个来。这时，我师妹忽然满脸愁容："呀，上镜的衣服没穿，我得去换。要不我第二个上吧！"

我依旧是温文尔雅地点头说"好"。

我的师妹拿着稿子直奔更衣室，换了一个钟头的衣服。

演播厅里，是前言不搭后语的、狼狈的我。

而草小姐，是个完全没有上镜经验的人，即使她写的剧本已经被拍出了成品。

大选开始，她紧张得一直深呼吸。

"我平素里就是个特别懒的人，这么紧张的大强度训练，我是做梦都没想过的。"她在轻吐云雾时，会比平时健谈许多，"我没上完大学，因为不喜欢。"

我应该是一副难以置信的模样，否则她不会那么调皮地大笑。

"看不出来吧？我可不是乖乖女。"草小姐深叹口气，"人啊，活好自己想活的样子就成。就像比成语，我可能输特惨，要是比写剧本，不会。"

但她还是会紧张，因为既然来了，就不想白费时间。更何况，她还必须要成全一个壮怀激烈的我。

4

师妹走出演播厅，带着胜者的昂扬。她跟工作人员谈笑风生，一副白富美的姿态。

我不无恶意地在旁边刷她的朋友圈，貌似每天都活得光彩照人、前呼后拥。

在告别前，师妹良心发现地表达了对我的怜悯，刻意地跟我多说两句话。得知我早就涉足幕后，也出了几本书，她迅雷般地摘下墨镜，热情洋溢地拉着我攀谈。

但是，对不起，我很忙。

我至今都不适应在"热脸"和"冷屁股"间自由切换，草小姐一样。她仿佛只有后者，任凭化妆间再喧闹，都只是安静地坐在那儿，自带隔离。她不会因为谁权位高而去俯首，也不会因为谁年纪轻而去不屑。

所谓"淡漠"，其实是最具慈心的"一视同仁"。我越发能感觉到她内心的强韧，名如其人。

在比赛后期，我和草小姐难免力不从心。我在台下悄悄问她："会感到自卑吗？"

她面无表情："自卑是什么？"

每次上场，我跟草都做好告别的准备。草小姐的先生甚至提前从张家口赶过来，准备随时拉她回去。

草是这样介绍我的："关熙潮表面很有仙气，内心其实也是极风尘的，是个极品贱人。"

我不见外地接茬儿："咱俩一样，彼此彼此。"

5

年纪大了，见的风景多了，留恋的地方少了。

正如师妹，她晒出的世界只有北上广，仿佛全中国只有这三个地区。

我却爱屋及乌地留恋邯郸。

比赛结束的第二天，我跟草小姐和草先生同游古城墙。

草先生因为声带受损，话音会被湮没在大风里。他们两个贴得很近，一个还是穿着黑袍子，一个是粗布褂。我在身后遥遥地跟随，仿佛在注目一对亡命天涯的眷侣。他们的婚姻，平和地走过了五六年的光阴。是的，草小姐在二十出头就嫁给了他，并且义无反顾。那是个体贴儒雅的男人，处女座，事无巨细地照顾她。

石板上锈色的叶子，还有遮天蔽日的雾霾，都像是给他们精心设计的布景。这是我爱的画面，也许这辈子都不会忘掉。

"再见时，自会相见。"这话是跟我们最亲近的作家组合"男枪女炮"说的，草小姐很喜欢。

所以分别时，我们只是在稀里哗啦的冷雨中，彼此匆匆地对视。

我想说，草，你活的是我欣赏、羡慕的样子。那些故作高贵的人，才是真正的自轻自贱。她们太多人愿做花朵，而你，甘愿活成一棵草，不自知地摇曳生姿。

北京容不得太多放松和浪漫。走出南站，我预感到，自己将无暇回忆太多。

草小姐和草先生常在张家口，偶尔会到北京的工作室待几天。我们琐事太多，没时间约见。草小姐把练习用的成语词典寄到了我家，每一页折痕清晰，字迹斑斑。

电视里的她，浓妆艳抹，一脸繁华。我瞄准她不经意的孤傲，会心一笑。

足矣。

她站在晚秋的风里，平凡着老去

妈妈有个弟弟，有个妹妹。所以我有个舅舅，有个姨妈。我觉得姨妈比明星好看，尤其是那张二十多岁时照的黑白照片，明眸皓齿马尾辫，皮肤都泛水光。那年代哪有 PS 啊，全凭底子好。

我学龄前是个说话特直接的顽皮小子，曾指着卖菜的大叔说："你好像老娘们儿。"我妈抱起我就跑，怕挨揍。只有面对我姨妈时，妈妈才真正放心，因为我会喋喋不休地说："姨妈你真漂亮。"我妈眯着眼睛不停点头，连那句"你比我妈好看多了"都能容忍。

那时候，姨妈三十多岁，眼珠还是锃明瓦亮的，脸蛋依然是紧实的，只是一双手糙得不成样。她是卖鱼贩，揭味鱼鳞是看家本事，指缝里头也常沾着一两片。肥皂腥，每每洗完手就更腥了。我捏着鼻子说："姨妈，你以后就叫美人鱼吧。"然后她就被逗得仰天大笑，笑声特脆，中气十足，能听出来她曾经是个勇敢的姑娘。

否则，她不会跟我第一个姨父离婚呀。具体什么原因不清楚，只知道他们还有个儿子，叫果果。姨妈只记得果果四岁时的样子，因为分开后就再没见上一面。好在她又在新家庭里生了个儿子，叫小河。小河是张着三瓣嘴降世的，给医生缝完后，留下一道歪斜的通红的疤痕。妈妈叮嘱我："你可以夸姨妈漂亮，但不能讲表弟的嘴巴。"

每次去看姨妈都要等很久，因为卖鱼太辛苦，她不许我跟着，让我陪表弟玩儿。姨妈家在田地边，美得跟画儿似的。明黄色的玉米堆跟蓝到发紫的天，将黯淡秋色点缀得如春光明媚。窗子上糊着的用来抗风的白塑料布，呼呼地震颤，有时会给吹出个大鼓包，随时要挣脱窗框。我怂恿表弟给扯下来了，结果他被姨妈训得够呛，我则在旁边偷笑。

我不是个好哥哥，经常带着小河光屁股跑。他只穿一双破布鞋，甩着鼻涕裸奔在田埂上，是个六岁孩子该有的天真烂漫。我遥遥吆喝着"小河耍流氓啦"，任他追赶。

那也是我最快乐的童年。晚上抱着表弟坐炕头上，看姨妈炒瓜子。电视信号不好，巴掌大的黑白屏幕上尽是雪花，姨妈总是边炒边回头看，也不知能看出个啥。

姨父出差回来的时候，就是我妈把我带回家的时候。我总说姨父长得像刘德华，妈妈说，这是在侮辱刘德华。

至少刘德华不会打老婆。

姨妈有时会莫名其妙地受伤，鼻青脸肿。每次问及，不是摔倒了就是鱼咬的，后来才知道是家暴所致。姨父酗酒、赌博，脾气不顺了就抄家伙打人。因为两句话不对付，他就攥着杀鱼刀追着我姨妈大闹菜市场。恶行人尽皆知，想瞒也瞒不住了。

姨父追杀到我家，一通凿门。

"凤儿在吗？开门啊，姐。开门啊，姐夫！"

我恐惧地瑟缩在炕头儿抠着人造革，妈妈拿着铁锹，挺着胸脯高喊："不在。"

姨妈是躲在了舅舅家。亲戚们都劝她离婚，她说："不能再离了，对孩子不好，孩子会恨我的。"

果果恨她。

听说，果果把自己所有照片都藏了起来。每次姨妈悄悄拜访，都见不着儿子。她只能想象着，他现在多高了呢，是瘦了还是胖了？他都十二了，估计见了也认不得了吧！

姨妈知道果果爱吃冰棍儿，就给卖冰棍儿的大妈塞了十块钱。

"求你帮个忙吧，一会儿你到小平房第二家吆喝，等那小小子出来。"她千恩万谢。

果果真的出来了。姨妈就藏在平房后，眼泪汪汪地张望，一声抽泣尖锐刺耳。果果发现了她，迅疾地背过身，躲进了门。

姨妈嚷嚷着"没脸见儿子"，卧床病了好几天。她不想让小河也憎恶她，所以死撑着。

不离婚可以，总归得报警，要不然扰得四邻不安，谁也过不踏实。就这样，舅舅一个电话，把姨父请进了派出所。

当我再见到姨妈时，她仿佛老了十岁。以前她总爱穿红彤彤的小袄，面料像绸子，摸着滑溜溜的，跟她眼睛一样会发光。不过一年的工夫，神采全无。她裹着褐色麻料的大衣，包着个头巾，呆若木鸡。

"姨妈你老了。"我说。

"姨妈是累了。"她叹息着往灶坑里添柴，烟呛得泪水直淌，"晚上给你烙饼吃。"

后来才知道，姨妈住的房子跟她婆婆家接着同一股电线。婆婆为了报复她们母子俩，把电闸给拉了。姨妈买了好多好多蜡烛，给小河写作业用。

小河那时也长高了不少，他在外屋洗头，不吭声。

我跟小河差好几岁，但童年却这么一起结束了。那段日子啊，家里很不快乐。我目睹过姥姥自扇耳光，说上辈子造孽殃及子孙，要罚罚她什么的。我把这事儿告诉姨妈，姨妈干涸的眼睛被泪泡肿了。她抽噎着说："你个大嘴巴，可千万别跟姥姥说姨妈哭了。"

姥姥死后，我妈总念叨，姐三个，就凤儿需要照顾，其他人都挺好。谁也没料到，小河会选择辍学，跟着姨妈去内蒙古山区采药材，一走就是好多年。

姨妈的日子过得依旧清苦。她有次晚上被噩梦惊醒，爬起来撒尿，举起手电筒才发现几条花斑蛇爬进了门。她吓得叫醒小河，两人战战兢兢地跟蛇斗到天亮。

姨妈回来两次，碰巧都是我在外读书的时间，没能见上一眼。其间她住了次院，甲状腺的病。听说眼睛凸起得像金鱼一样，完全睁不开，脖子也肿得青筋暴露。

"姨妈病好了就来看你啊！亮亮，你口音怎么都变了，还是姨妈记性差了？"

她在电话里的声音爽朗如旧 似乎时光如初。

我们毕竟分别太久，我隐隐害怕会不认得她，害怕不由衷地表演亲切。然而我又很想再看她一眼，虽然她身上不再会有鱼腥味儿，虽然我无暇去回顾田间的蓝天。终于，姨妈赶上了我在家的时候，拎着一麻袋野味登门。我早早做足了心理准备，想着出现在我面前的，将是个多么疲惫沧桑的妇人。

事实上，她已经像个老人了。后背打了弯儿，眼周围都是褶子，皮肤皲裂布满血丝，完全走了样。她脱下棉坎肩，抬头看眼我，咧嘴乐了下。

"姨妈是老了吧？都五十啦！"姨妈扯着嗓门问。

"姨妈是累了。"我回应着，走到她身边，发现我已高她一头。

"小河脸那样，都处着对象了，你也快点儿！"姨妈嘎嘎笑着，细细瞧我，眼里忽然现出光来，"你跟小时候不一样了，可姨妈认得出来。"

姨妈找了个新姨父，是个纯纯粹粹的老实人，每日抽烟吃饭睡觉，没一点儿坏心眼儿。她跟我妈妈说 "身体没那么差了，日子没那么穷了，就放心吧。"妈妈一直点头，两只手在拐杖把上摩挲。

姨妈临走前，我带她去了松花江边。正值晚秋，芦苇秆都褪了色。她走一会儿歇一会儿，拄着膝盖，眉头紧皱。后半程，我执意要搀她走，她好不容易才应允。我们在高高的云朵下磨磨蹭蹭，跟那些垂钓的人一般安静。

我说："姨妈，我给你照张相吧。"她说："不要了，没年轻时候那样儿了。"不容她多讲，我退后几步，举起手机。

她有点儿不自在，脸上的肌肉用力上扬，红血丝膨胀，尴尬又憨傻。

"姨妈，你真漂亮！"我大声说，就跟小时候一样。

她大笑起来，秋风将辫子拂在肩上，刹那间无比动人。

大红公鸡毛腿腿

有读者希望我多写些跟明星打交道的经历，满足八卦心。我说我写得够多了啊，他们说，还没写透。

那就去论坛、贴吧找扒皮文吧，他们写得透，丑闻、隐私一箩筐，看客们只管过瘾，不在乎真假。何况我没跟几个一线明星打过交道，即便是在行业里待过两年，也没太多可讲，确实是见怪不怪了。

没名气的想红，有名气的想最红。就那么点儿事儿。

公司一个女演员，怕被拍死在沙滩上，改岁数、整脸蛋儿，天天梦想当大腕儿。我带她走红毯，她非要压轴，屁股粘在休息室座位上不挪窝儿。组委会让我踹也要把她踹上去。她不先走，真正的压轴女星肯定不乐意，晚宴就直接改早餐了。

我求爷爷告奶奶地把她推上红毯，她还不忘回头剜我一眼。

五年过去了，听说她依然二十七岁，也没人在意她多大。

有多大胃吃多大包子，江湖地位不够，干吗强装大尾巴狼？什么独立休息室啊，飞机头等舱啊，不该争的偏要争。

还有个没知名度的中年演员，知道熟人来探班，便对我同事说："一会儿给我捏捏肩，直到他走了为止。"熟人来了，我同事被中年演员骂得狗血喷头，说是按摩手法太差劲，让他保不住饭碗，云云。人走后，那演员回归慈眉善目："辛苦你了啊，赶紧休息会儿。"

大多数人红不了，只会死撑着不值钱的脸面。可总有小孩子前赴后继，想赌赌运气。

我曾经负责三个演员的宣传工作，都是新人。其中一个女孩儿叫"绿茶"，哦，那会儿还没有"绿茶婊"这么污的词儿。

她是山西农村来的。初次见面，她穿粉红色羽绒服，戴了个红色毛线帽，马尾辫甩在后头，皮肤白白的，气质土土的。

她说："哥哥你好，我叫绿茶。"普通话过于标准，听着没灵气。

我不理解领导为什么要签她，而且签完了就扔一边不管。绿茶没做错什么，确切地说还没等做什么，就给雪藏了。

"有不挣钱的小活儿，就带着丫头们上，反正晾着也是晾着。"领导说。

"小活儿"来了——一本杂志缺两页图，原本定的俩模特有一个放鸽子了，只能临时找替补。我趁他们饥不择食的当口儿，把绿茶简历递了过去。他们说："行行，就她得了。"

我内心是忐忑的，对于绿茶的时尚潜力，表示深深担忧。她没让我失望，把大牌穿出地摊货的 Feel。

编辑跟摄影师的眼神里，有种破罐子破摔的绝望。

绿茶呆呆笨笨地站在镜头前。她在简历里将身高虚报成一米六八，我给她增加了八厘米。即便踩了防水台，看着也矬。而且，绿茶并不适应低胸开背的裙子，她跟做贼似的遮遮掩掩、左顾右盼。

摄影师要她"性感点"，绿茶双手叉腰，机械地拔出脖子，牙关紧咬。摄影师要她"放松点"，她就两臂下垂、目光呆滞了。

半小时后，另一个专业模特到场，她熟练地完成规定动作，性感得无可挑剔。我跟绿茶在一边旁观，绿茶反复说，那姐姐好漂亮啊。

她无非就是个二十三岁的朴实女孩儿，看着没什么野心和攻击性。我对绿茶忽然有了点儿好感，只是一点点而已。她以后会变成什么样子，说不准。

晚上，绿茶非要请我吃饭。她说这是她签约公司后的第一个通告，是个值得纪念的日子。听这话，我真替领导脸红。

"我挺土的，以前演过的戏不是丫鬟就是村姑。"她吸溜吸溜地吞面条，"第一次来北京拍电视剧，最后一场戏是我跟男演员拥抱。导演想要旋转的画面，又没有设备，就让我俩边抱边自转，自己踮脚转圈圈啊！"

她手舞足蹈地比画着，咯咯笑个不停。我看她乐得太傻，也乐了。

"那个导演对我特别好。她说，绿茶，你适合做演员。然后就把我介绍到这个公司来了，说老板是她的朋友，没有那种乱七八糟的事。"

"你以前是学什么的？"

"唱歌！"她清清嗓子，挺起腰板，"我舞台范儿绝对专业！有时间我唱给你听，先吃面。"

我要打车送她回家，她说要坐地铁。她问我家住哪儿，我说通州梨园。

"那你应该坐五号线到雍和宫，换二号线到建国门，再坐到四惠换乘八通线！"她背书似的说。

"绿茶，你在北京待多久了？"

"满打满算……还不到一个月。"

绿茶挺可爱的，我默默想。

记得有两部电视剧，《姐姐妹妹闯北京》和《明星制造》，都是讲路人逆袭成影星的故事。绿茶如果命好，没准能出人头地。她肯定想红，没人愿意演一辈子的路人。我希望她成名，又怕她成名。

夏天来临，绿茶终于接到个电视剧。她要为区区几十场戏，在穷乡僻壤待半年，大部分还是群戏。演这部电视剧铁定成不了名，片酬还特低。

绿茶说："聊胜于无，都是经验。"

　　同事去探班，因为组里有六个演员是我们公司的。据他汇报，片场条件之艰苦远超想象，住的破宾馆连洗澡水都没有。有几个丫头还从山坡上摔了下来，幸好没有绿茶。

　　山区信号差，我跟绿茶偶尔联系，她总是说，一切都好，还算开心。

　　当她再回北京，皮肤像被砂纸擦过似的，人也瘦了一大圈。

　　"他们欺负你了没？"我问。

　　绿茶只是笑，说："总算杀青了。"

　　绿茶还在等遥遥无期的下一部戏，一等又到了冬天。跟她同期出道的女孩儿，有几个已经混出了眉目，爆乳照满天飞。她们的脾气比名气涨得快，稍不称心就撂挑子不干。

　　绿茶只能偶尔去做地方台的节目嘉宾，没什么收视率，还特 Low。

　　年底，我带她录了个导购节目。绿茶要在商品城里带观众朋友寻找物美价廉的小饰品，算是半个主持人。

　　摄像师是个小年轻，双商感人。见绿茶第一眼就跟个爷似的，鼻孔朝天地说："赶紧化妆去吧。"

　　我嗅到不友善的味道。绿茶最让人省心的就是配合度，心里不痛快，嘴上也不说。我压了股火儿，静待那孙子犯浑。

　　女导演溜达去了，只剩下我俩跟摄像师。他不停喊"咔"，说绿茶情绪不够嗨，笨得像木头疙瘩。

　　"对不起。"绿茶道歉，"我们再来一次。"

　　终于一气呵成，结果机器没电了。摄影师去找电池，半个多钟头也不见人影。

　　我打电话给女导演说，不录了，下次请找个大脑有沟的摄影师来。

　　绿茶诧异地望着我，没等她张口，我就拉着她离开了这个鬼地方，拦了辆出租车。

绿茶在后座上不吭声，半晌，她突然哈哈大笑起来。

我问："怎么了？"

她说："来北京一年了，第一次觉得高兴。"

"高兴就要唱歌的，我现在唱给你吧！"她伸手拍拍我后背。

我瞧了眼司机师傅，怕他觉得我俩有病。他够仗义，把收音机直接关了。

> 大了红的公鸡毛了腿的儿腿
>
> 吃不上些东西白跑了个腿
>
> 索拉索拉拉拉索拉栽呀呼咳
>
> 巧不的个拉大拉大咿呀呼咳……

绿茶唱到兴起，摇下车窗，脑袋伸到了外面。暖冬，风只是微凉。她的山歌飘在大望路上，琉璃大楼的光泽都柔和了。经过的路人和司机都看傻了眼，我负责笑，绿茶负责继续唱。

绿茶，我想起一句特俗的话：有梦想的人都值得被尊重。当你觉得你不是你了，就再唱一遍这首歌。

她再进剧组的时候，我已经离职了。总觉得有些话没来得及讲，也不必讲。

时移世易，我跟绿茶这几年少有联系，各自成长。

有一天，我看电视换台瞥见她的脸，立即到网上搜那部剧。是她，样子没变，艺名换了。

她当然还没红，否则肯定有耳闻。我看她的百科资料，才知道她早就跳槽了。近些年接演了许多电视剧，发展得顺风顺水。我又搜索她的视频，什么开机发布会之类的，几乎是一帧帧地细看。

　　绿茶今非昔比，她大气从容了许多，也没丝毫矫揉造作。

　　我找到她微博，酝酿半天，留了句私信。

　　"你当时唱给我的歌，叫什么名字？"

　　三分钟后，她回复了。

　　"《大红公鸡毛腿腿》。你等我下，我唱给你听。"

祖母的紫旗袍，过云雨里的诗

1

那是几年前的事了。

当时我跟电视剧组拍夜戏，场地的大灯招来成群飞蛾，在我脑瓜顶上扑闪，不敢打哈欠，害怕随时吞一只下肚。演员们准备《四世同堂》的重头戏，好几页纸的词儿。

电话在裤兜里振，是北京的姑妈打来的。她闲扯半天，又装作不经意地说："你叔叔上个月没了，脑溢血。"

叔叔是姑妈和父亲的亲弟弟，享年七十岁。按常理，我应追问"为什么现在才告诉我"，但我没有。父亲上山下乡后在东北生活了半个世纪，我又在北京没待几年，叔侄间谈不上什么情分，跟那些亲戚更无交流，何必做葬礼上的外星人呢。

"什么时候来看看姑妈吧！你一年没来了。"她语气里有乞求。

我忽然有些愧疚，毕竟姑妈还是疼我的。

"下周，下周就忙完了。"我说。

姑妈经常掰着手指头算还有几个亲人在，算着算着就叹息。

记得初来北京时，姑妈一脸雍容，抚弄着翡翠镯子坐在摇椅上。

"咱们关家世代显赫，现在可大不如前喽。"她深叹一声，"散的散，没的没，干什么的都有。"

当晚，她带我拜见了俩亲戚，都七老八十了，一个严重痴呆，一个狂躁型抑郁，皆因为子女的非正常死亡。

老人都爱闲聊琐事。满载人生之重的过往，你不问，她必不会提。那次临别前，姑妈给我个大信封，让我交给父亲，里面是张十几寸的黑白照。

"你爸爸刚满百天，你爷爷奶奶带着我们去了照相馆。"姑妈得意地说，"'文革'那会儿所有照片都给毁了，前两天收拾家当才发现，有一张在箱子底下压着，没烧，就让你表哥去扩洗了几份。高兴得我哟，一宿没睡好。可惜啊，有你爷爷那张找不着了。"

照片上，太奶奶抱着我父亲挺身端坐，褂子上不见丁点儿褶皱。身边是刚五岁的姑妈，戴头花，穿洋装套裙，据说她当时的绰号是"小洋鬼子"。一个旗袍裹身的丰腴女人靠坐着沙发扶手，单脚垂地——她是我从未见过的奶奶，细眉深唇，绰约妩媚间，气度凛然。

2

我去超市买了瓶红酒，又思忖着带份什么礼物过去合适。最后，我决定用 PS 给那张黑白照染色复原。

背景里的树是绿的，水是青的，亭子是木色的。那么，衣服呢？尤其是奶奶的旗袍，只能凭借想象了。我百般调试，决定染成绛紫。一点点地，远去的年代在电脑屏幕上鲜活起来。灰白的肌肤透出血色，我仿佛看见奶奶的红唇上扬，似笑非笑，吓得我起了一身鸡皮疙瘩，默念阿弥陀佛。

再见到姑妈，她的脚只能蹭着地皮往前挪动，从客厅到厨房要走半天。

"谁都以为你叔叔身体棒着呢！他临走前一个月啊，非要环游北京城，说待这儿一辈子，有的地方还没转悠过呢。这就是该着，知道自己活不长了。"

待她唉声叹气完，我把巨大的彩色照片从书包里抽了出来。她接过手，眉心忽地一皱，摸起老花镜。我细细端详她的神色，发现她嘴角在抖。

"你怎么知道……你奶奶的衣服？"她难以置信。

"猜的。"我暗自舒口气。

她转头问姑父："我妈这衣裳还在吗？"

姑父甩手道："老古董了，早没了。"

"没啦？"姑妈又愣了半晌，迟钝地点点头。她摸着照片，眼底湿漉漉的。

她说，她想起了小时候。

3

二十世纪四十年代初，内外交困，时局未定。

爷爷新官上任，带着奶奶和三个孩子离开北京，去了辽宁。当地锣鼓相迎，把奶奶请上了轿子，一口一个"夫人"，嘘寒问暖。

东北的冬天太冷，姑妈瑟缩在奶奶怀里，不停喊着"冻脚，回家"。当晚，就有豪绅送来一双小靴子，是上等的皮毛。

那时年纪太小，姑妈的回忆模模糊糊的。只记得爷爷奶奶从不吵架，总是小声说话聊天，聊着聊着就会笑。

粗活儿有佣人做，奶奶只需安稳地做个官太太，日子算是和乐平静。直到内战的炮火蔓延而来，国民党政府土崩瓦解，一家人必须尽早撤离。

爷爷派了辆车，让奶奶带着孩子们先走。

"我没做过坏事，也不会受什么牵连，你们先走，事情解决完我就动身。"爷爷不容奶奶多说，就关上了车门。

一路颠簸，奶奶低头不语。车忽然停了——路被封死，闯不出去了。

奶奶说："孩子们别怕累，下车，走回家。等走回家，爸爸就在家等咱们了。"

从东北到北京，要走好远好远。奶奶的力气好大好大，背着一个牵着俩，跋山涉水。

冬雪化尽，春风渐暖。沿途的口音更变，路边的垂柳抽芽。巷子头挂着个大招牌，是"狗不理包子"的店面。

奶奶撑着大油纸伞，痴痴地仰望着。她忽然笑了，笑着笑着又哭了。

"咱们这是到天津卫了，咱们要到家了。"

姑妈说，她这辈子都忘不了那个画面。奶奶像尊雕塑，纹丝不动地站在过云雨里。东边初升的阳光照在她的紫色旗袍上，美得触目惊心。

4

爷爷并没有回来，奶奶只能望眼欲穿地等着。

经过这么一遭，她开始百病缠身，动不动就咳嗽，圆润的脸蛋儿也日渐干瘪。解放后，爷爷的好友老张从辽宁回到了京城。

"我丈夫呢？"奶奶问，"他是死是活？"

老张说："还活着，但没了消息。"

奶奶摇头："没了消息，就是生死未卜。"

她跟魔怔了似的，请来大仙一通施法，以求爷爷的下落。大仙让我的姑妈、父亲、叔叔盯着白墙看，说如果人还在世，就能看到人影。

什么也瞧不见。

奶奶仍然坚信爷爷没死，日复一日孤身过着清苦的日子。只靠家底过活肯定不行，她必须找些差事做。

于是，胡同里多了个给人洗衣服的女人，她倔强地不肯再嫁。

她自己省吃俭用，却对邻里不吝帮助，周济那些朝不保夕的人家。她曾被称作"美人"，年逾四十，成了众人口中的"善人"。

六十年代，又一场浩劫。上面要清查户口，以我爷爷的身份，肯定要殃及全家的。

"他们要问，就说死了。"老张劝奶奶，"你再找个好人家算了。"

"不，他没死。"奶奶不听。

"他死了，我眼看着的。"老张说着说着忽然纵声痛哭，"他被流弹打中了，再也回不来了！"

奶奶眼前一黑，昏了过去。

不到一年，她就卧床不起了。

5

二十世纪七十年代，她成了躺在黑屋里的老妪，瘦骨嶙峋，闻着柴草味儿，看着天花板。

姑妈嫁人了，父亲响应"上山下乡"的政策流落东北，叔叔结了婚就搬走了，很少照料奶奶。

她身上的褂子一周一换洗，以前的旗袍都没法穿了。那些容易给扣上罪名的家当早已烧光，奶奶方佛什么都没了。

父亲在东北饥一顿饱一顿，结婚前的生活费，都是奶奶求人悄悄寄来的。这事儿除了父亲，只有姑妈知道。奶奶总念叨着，说老二肯定在外面遭罪了。

父亲收到的最后一封信，里面不是汇款单，而是家书。上面是姑姑写的毛笔字，力透纸背。

"伟大的母亲永垂不朽。"

奶奶走了。听姑姑说，她在头脑还清醒的时候，留下了句遗言。

"在我棺材里放根打狗棍。我活着不能跟牛鬼蛇神斗，到了阴曹地府，也不要当个受欺负的鬼。"

奶奶走时，四合院的花开了，白的胜雪，紫的如她。

6

姑妈放下照片，摘掉花镜，用力揉了揉眼。

"你奶奶啊，是全世界最好的女人，从没叫过苦。"姑妈摇摇晃晃地站起身，把照片摆在橱柜里，"陪我转转吧。"

走到胡同口，下起了毛毛细雨。远天还是湛蓝的，只有头顶有整块儿的灰云。

姑妈往前蹭了两步，停住不动了。

我撑起伞，罩在她头顶。她察觉到，仰起脸瞅瞅伞边儿，又扭头看向我，笑了。

"回家吧。"姑妈喃喃地说。

Chapter 6

谁四大皆空，
谁懵懵懂懂

"疯人村"的乡愁

他们说东北有三宝：人参、貂皮、鹿茸角。每次回家，伙伴们恨不能让我带一车回来。

"拜托，那是宝，不是土特产，哪那么好搞！"

"那你家的特产是啥？"

我居然噎住了——我们农场都是人工耕作，连头牛都瞅不见。扩大到周边地区，也没个像样的风景区。唯一值得称道的，是精神病医院。

是的，换言之，盛产疯人。

小时候发生在火车站门口的故事，历历在目。一个穿肚兜的光头女人，边打把式翻跟头，边哈哈大笑。民众们只是远远瞧着，全然不像观赏卖艺那般积极。我拽着我妈的衣襟往前冲，我妈连拉带拽地给我拖了回来。

她说那人有病，跟我们邻居大菜花是一样的。

大菜花的身材是标准的球体，天庭饱满，耳垂下坠，一脸福相；走路会谦卑地看脚背，一点儿也不像个疯子。但她的病却间歇发作了五年，村民们谈其色变。

大菜花是住过院的，见到白大褂医生会吓昏过去。这奇葩的条件反射，成了制服她的法宝。印象里有一次，大菜花冲进我家，管我妈叫"妈"。我妈知道她脑筋抽了，从衣柜里掏出家家户户必备的白大褂，大菜花见状直接倒在地上，被她老公拿推车推走了。

大菜花老公是推粪车的。

日子过得清贫，又摊上个病媳妇，大家都劝他早日离婚，脱离苦海。其实这倒可行，毕竟大菜花父母双亡，又没怀上孩子，甩了倒清净啊。他却说，正因为这样才不能离，是病就能治好。

大约又过了两年，大菜花神奇地康复了，脑袋一直清醒。即便如此，大家也敬而远之。她不在乎，因为陪老公推粪车就够了。

孩提时搬了三次家，每次都能遇到"疯人"邻居。比例之高超乎想象。我也不止一次地琢磨，这到底为啥呢？大婶们说是风水不好，生物老师说是水土问题，里外都是"水"，吓得我好一阵不敢喝水。

大菜花的病因已经无迹可寻，也没有必要再追问。至少后来，大家众口一词地说她"命其实挺好"。对了，记忆里还有个"苦命人"令我念念不忘，她的名字好美，叫"立秋"，是我姐姐的初中同学。姐姐上技术学院后，立秋在家待业，隔三岔五就去看我姐。她们是好姐妹，无话不谈。

不知什么时候，立秋开始犯病了。她口不择言，经常得罪人。比如指着我姐舍友的龅牙问，你说话不漏风吗？或者在大庭广众之下放屁，然后自己呵呵地傻乐。

经医院确诊，她得了精神分裂症。随后，一个惊天的秘密也曝出来——她的母亲强迫她挥鞭子殴打继父，有一次差点儿把他打死。立秋恸哭到昏厥，醒来后就变了个人。

该看病的应该是她妈妈好吗？

立秋出院后，又潜入我们家，拉着我姐的胳膊说保密。我妈妈慌了，全家开会商量对策，决定留宿她一天，暗中联系她家人给她请回去。

立秋眼巴巴看着我妈洗韭菜，急切地问："是包饺子吗？"

我妈心一软，临时改变计划，撂下炒菜锅，拿出了面盆。

立秋跟着姐姐赶大集，买了三个塑料盆，扣在脑袋瓜子上进了屋，再一层层摘下来，说："这个是洗脸的，这个是洗脚的，这个呢？你们猜？"

我们全家人面面相觑，一起摇头。

她说："笨哪，是洗头的啊！"然后自顾自笑得前仰后合，差点儿背过气去。

当晚，立秋非要给我姐唱歌，硬生生将我姐从睡梦中摇醒。

让我们荡起双桨，小船儿推开波浪……

分贝巨高，大卧室里的我跟爸妈辗转反侧。

第二天，立秋被她妈抓走了。临走时不停回头，说想再吃顿家里的饺子。

"家里？你家在哪儿你都忘了，死丫头！"她妈咆哮着，揪着立秋耳朵走远了。

所谓人生孤苦，我大概是从那时起就隐隐察觉到的。

人的精神形态原本就复杂，有的自我焚烧，有的危害社会。我想，我应该庆幸，村子里的疯人们，并没有举刀砍人。他们只是活在自己的梦里，又没放弃人性中的爱意。

我的初中学长，有个傻子母亲。他是全校首屈一指的贫困户，运动会指定穿白鞋，他们家必然是买不起的。学长穿着白粉笔涂的黑布鞋站在队伍里，扭头看到他妈站在主席台，一手拎着一只鞋扯嗓子高喊："儿子，咱有鞋了，妈给你买了！"

这事儿回头想，感动得要死。作为当事人，绝对会激起尴尬癌。学长扭头就跑，嫌丢人。

我不止一次在文章中提到搬家。有个事要补充——在全村人进城的头半年，那些疯人相继病逝，被老天回收了。

这样的生，这样的死，是宿命吗？

学长的母亲还活着，因为攒不出钱补房费，只得留守在村子里。她还有个坐轮椅的老伴儿，俩人一个脑子不好使，一个腿不能用，凑一起勉强过活。村里有福利，让老两口儿去工会食堂解决三餐，老太太就推着老头儿去，每次都忘了路，老头儿就怒发冲冠地当导航。听说，学长只身去城里发展了，每年过年回来瞧瞧。

疯人村从此消失了，这个似乎带着诅咒的地方，已成我人生中最遥远的过去。

偶然想起，一声叹息。

精神病患者的自白

1

我患上重度焦虑症，很年轻的时候。

发病初期，我人在长沙。随行的好朋友排队买臭豆腐，我蹲在角落里发呆。心脏跳得越来越狠，几乎要撞出肋骨。我下意识捂住胸口，莫名其妙地害怕。

似乎有什么东西在吞噬我的思想，周围所有一切都恍惚掉了。食客们的脸是狰狞的，谈笑的腔调是怪异的，我像是穿越到某个异度空间，被孤立被抛弃。

朋友拍我的肩，问我怎么了。我敷衍地说，有点儿不舒服。回答这句话时，声音像从别人喉咙里发出来的。

他没在意，我也以为很快就会好，可并没有。

每一秒都被无限拉长，从没有过这样的情绪体验。我的确是个爱紧张的家伙，自小到大面对任何事都绷着弦，苛求完美、不容失误，别人说我"有病"，也纯粹是玩笑话。但那时，我觉得自己真病了。

被痛苦捆绑，眨眼睛都觉得费力气。我想控制负能量，越控制，反作用力越强。我感觉任何东西都能杀掉我，见到街上的井盖会怕，见到烤串竹签会怕，见到蚊蝇会怕。镜子里的人对我坏笑，我捂着头大喊你滚。回到北京，我强撑着最后一点儿理智，悄悄去了趟精神病院。

白墙上是"重塑精神世界"的大红标语，大厅人很多，却不吵。我不敢细看那些脸，冲到挂号处，清晰地说："挂精神科。"

大夫细看了下我，说："给尔挂心理科。"

我焦急地说："不行的，我有病。"

她戏谑地指指旁边，说："你还没到那个程度。"

我顺势扭头看，身边的男人跟不倒翁似的，微笑着，频率均匀地摇摆。

"那就心理科。"

医生是个怀孕的女人。她一边抚着隆起的肚皮，一边听我诉说病状。窗对面的楼是住院处，时不时传来哭笑不明的高喊低吼。我问："你不害怕吗？"她说："不怕啊，他们也觉得自己很快乐呢。"我汗毛倒竖，任由摆布地躺在皮椅上，脑袋扣着脉冲治疗仪。那设备是用来放松的，耳机播放海浪声跟钢琴曲，眼前还有光点闪烁。十分钟后，我大哭，扯下头盔逃走了。

我拒绝成为"病人"，又渴望被"治疗"。见鬼的自尊心，是我残存的清醒，也是影响我就医的症结。

我把事情原委跟那个朋友说了。他是搞音乐的，擅长胡思乱想白日做梦。他说跑步是最好的调节方式，当晚就带我跑了几公里。我累得跟条死狗一样瘫在运动场上，没力气说话。半晌，他问我感觉如何。我反问，为什么我会这样？我到底是怎样的人呢？病人吗？

一周后，他陪我去开了抗抑郁、利睡眠的药，吃完了就见周公。为了转移注意力，我还买了霍金、弗洛伊德的书，研究平行宇宙、潜意识，几乎走火入魔。

煎熬了一个多月，我自行痊愈。不知是繁忙的实习生活解救了我，还是多巴胺终于分泌正常，总之是好利索了。回溯反省，我总结了一个道理——恐惧是恶性循环，你要学会接纳完整的自己，举重若轻地捧起潘多拉的盒子，但别打开它。

我能为我的"病"找出上万条理由，比如童年艰辛、性格好强，比如境遇无助、安全感匮乏，比如天生敏感、脑电波不稳。但没用，我就是这么一个人，我该进化，而不是做困兽之斗。

《玛丽和马克思》是我最爱的电影。一对好朋友，大叔是自闭症，萝莉是抑郁症，他们在跌跌撞撞的人生里互相慰藉。马克思说："当我年轻的时候，我想变成任何人，除了我自己。"

但他只能接受自己，别无选择。

2

人们都对自己的灵魂黑洞避之不谈，那是可以抵达火葬场的秘密。

去年，我差点儿失去一个最好的兄弟。他在外人眼里活泼健康、善解人意，毫无异常。

他毕业不久就娶妻生子。还没玩儿够，青春时代就紧急刹车了。他要拼命赚钱养家糊口，像个落魄的中年人一样苟活。

班级聚会，老同学们都装作一副混得很好的样子。他被明枪暗箭地嘲讽，回到家整夜失眠。

过年探亲，他是老丈人家最无能的女婿，开的是借来的车。他被明枪暗箭地嘲讽，回到家整夜失眠。

他没做好准备，无法接受一个过早平庸的自己，但这些都是外因。我跟他讲，中国的底层民众太多了，我们不是最潦倒的那一批，只是我们神经太脆弱，想得太多。

他确实思虑过度。他可以起大早给同事们收集各种早餐，担心只买包子有人不爱吃。他会因为地板上有头发丝，做一下午的家务，也会因为小小一点儿烟灰，把整片床单塞进滚筒。我经常看到他悄悄发呆，一根烟一根烟地往嘴巴里送，两只眼睛混沌无光。

完美主义者擅长痛苦，他们心里都埋着抑郁的种子。

在父母身体累垮、家里负债之后，他留下一纸遗书，人间蒸发了。

"他那么有责任心，怎么可能做这样的事！"他家人哭着给我打电话，我的嘴像被粘住了，连句安慰的话都说不出。

"活着真累。"这是他的口头禅。我没料到，他竟然这么快就撑不住了。所有朋友齐齐出动，翻遍城市的一寸一隅，活不见人死不见尸。听说他出走前穿了最体面的西装皮鞋，看样子是心意已决，我们必须做好最坏的打算。

天亮了，他回来了。眼圈青黑，浑身湿透。亲友们喜极而泣，又不敢搅扰，只是默默守在屋外。

等他回了魂，主动给我讲了那晚的经历。

他在湖边坐了半宿，哭个不停。要不要跳？他犹豫着，然后看到对面的女人扑通一声扎进水里。他从寻死者秒变施救者，把那女人捞上了岸。

他安慰她，让她赶紧回家。天亮了，他也决定不跳了。

这像是哪个神话故事的梗：菩萨化身凡人，度化了身陷囹圄的苦难者。我握紧他手，尽是失而复得的喜悦。

我又该如何安慰他呢？坚强、努力，你还有我们，这些全是废话。他也是个满嘴心灵鸡汤的暖男，要是讲道理能拯救一个人，他早把自己说通了。

"我为什么是这样的人？"他问我这句话的样子，像极了曾经的我。"是我要逼死我自己的。我会钻进牛角尖出不来，情绪一上来就控制不了，从小到大都这样。"

"你就是这样的人，别嫌弃自己。这不是你最后一次抑郁，但我希望是你最后一次自杀。"

他开始调节饮食睡眠，跟家人出游散心。没过多久，他又重新变回那个活泼健康、善解人意的家伙。私下里，他依然偶尔发呆，两只眼睛黑得像无底洞。我会拍拍他的肩，他说没事。

我相信他不会有事。

3

为什么有天空云朵，为什么有日月星辰，为什么花朵的颜色不一样，为什么杨树的叶子比柳树宽。你为什么天生讨厌香菜，为什么害怕多足纲的虫子，为什么钟爱某个款式的衣服，为什么对谁谁一往情深。

世间太多问题是无解的，正如你为什么是这样的人。

我有一个微信群，里面是私交特好的几个编剧和作者。某天聊到"有病"这话题，大家突然亢奋起来。

"隔三岔五的，我会担心自己得了癌症，想着想着就自己确诊了！"他是个写过很多恐怖片的阳光邻家男。

"我害怕发疯，越害怕越想发疯。比如我想从车上跳下去，想在安静的会场飙脏话，我知道我不会，但我害怕我会。"她是个鸡汤段子手，用文字温暖人心。

"我总去留意别人不注意的细节，把小事无限放大，头都要爆了！"他是个胡子拉碴的糙汉子，说出这句话我怀疑他被盗号了。

我们一致同意，把群名改成"精神病院"。

天才和疯子只有一线之隔，有的病人成了艺术家，有的病人成了病人。我们努力做到前者，这样好歹对社会有点儿用，对自己有个交待。

"如果我们真疯了，就结伴住院吧！"

我们还没那么超然，应该不至于。我们只是无数不完美的、普通人中的一撮。

有人害怕密集的东西，连珍珠奶茶都不敢喝；有人一天洗无数次手，眼前爬满螨虫。他们看似平常，他们各自悲伤。

其实，有谁是绝对的健康呢？在爱情里患得患失的人，成了疯子；在荣耀中自命不凡的人，成了傻子。他们的言行举止逐渐变异，却毫无察觉；他们自怨自恋，病入膏肓。

对了，《玛丽和马克思》里还有一句我挚爱的台词：我原谅你，是因为你不完美，我也是。没有人是完美的。

精神世界是片难耕的田，什么都可能生长。尤其敏感者，在七情六欲的沃土上，难免滋生杂草荆棘毒蘑菇。要么除掉，要么圈起来当风景看，不让它们扩散。

很奇怪，在我总说"我有病"以后，居然没那么爱生病了。

我不再追问"我为什么是这样的人"，只要我还是个人畜无害的良民，就可以睁只眼闭只眼好好活下去。

感冒了捂被子多喝水，就这么点儿事儿。

关上耳朵闭上眼，才能走心

1

大学做电视编导作业，每个小组的作品都要挂在投影屏上示众。我同学拍了个纪录片，采访了学校门口卖灌饼的大叔。

他用的是大提琴配乐，压抑深沉，解说词也极其煽情。

"他是位聋哑人，顶着太阳冒着雪，艰难地营生。相比之下，从小生活在温室中的我们，是多么的幸福啊！"

同学们热泪盈眶，在滚动片尾字幕时自发鼓掌。

待气氛恢复安静，老师才开口点评。

"片子做得不错，咱们只谈立意。"她笑问，"你觉得他不幸福，对吗？"

组长不解地点下头。

"我们不能妄自评断别人的生活，在你看来的痛苦，当事人也许并不觉得。如人饮水，冷暖自知，他的内心没准装满蜜糖呢！"

那节课给我的启迪，到今天都获益无穷。老师让我明白：你以为看到的是世界，其实无非是你内心的投射。盲目的同情，等同于自负。

我跟小片组长关系不错，在他的带领下，亲自拜会了那位卖灌饼的聋哑大叔。他笑得憨憨的，用简单的手语跟我们问候。没过一会儿，有两个跟我们年纪相仿的男孩儿也来了，都是聋哑人。我这才知道他们也是有小圈子的，私下用手语聊天，配合丰富的面部表情，超带感。

　　大家很快成了朋友，那俩男孩儿也经常来学校找我们。一个十六岁，皮肤灰灰的，我们叫他"印度人"。另一个二十三岁，白白胖胖，我们叫他"帅馒头"。

　　帅馒头特别爱聊，他随身带着小本子，想说什么就写出来给我们瞧，基本半天能消化掉一本。

　　"我决定考研，同学们也支持我很。"

　　"我有女孩儿喜欢，我认为我们会不错。"

　　他的遣词用句很不流畅，偶尔需要开脑洞去破译。每次把小本递给我，他都盯着我的脸看，以求从我的神态里得到回应。这样的交流方式，效率极其缓慢，且彼此必须投入真诚，容不得敷衍。

　　我爱上了这感觉，虽然谁都没开口，但足够专注。帅馒头的世界没有噪音，只有五彩斑斓的光色。我也被拉进他的宇宙里，扔掉耳朵喉咙，只用眼睛和心。

　　帅馒头还有个职务，就是做印度人的翻译。印度人不会写字，偶尔想表达些复杂的内容，就用手语告诉帅馒头，帅馒头再写给我们看。

　　当然，绝大多数时候，印度人完全可以用闪闪大眼跟手舞足蹈来传情达意。

　　那天我们几个去郊外玩儿，逛累了就躺在草坪上看云彩和风筝。印度人胳膊枕在脑后，张大嘴巴傻笑，白牙跟眸子都在发光。忽然他坐起身来，对我们打了个手势，然后一溜儿烟蹿出五米远，跳起太空步来。

　　他跳得太有节奏，我仿佛听得见鼓点。听说印度人自小失聪，我无从得知他是否有"音乐"的概念。

　　帅馒头在小本子上写：阿三高兴。

　　对啊，高兴本该是简单的事，可我们却渐渐失去得意忘形的勇气。我看着印度人洒脱的样子，觉得他跟天色一般干净。那境界，虽不能至，心向往之。

封闭的感官，使他们更简单纯粹。所以，你能轻易判定一个人幸福与否吗？不能。

帅馒头和阿三要暂别了，我们和灌饼大叔一起吃了晚餐。席间，我跟同学饶有兴味地猜测他们的手语内容，帅馒头偶尔写一两句给我们看，大家其乐融融。

"认识你们高兴了，大家平安健康快乐。"

如果世界上真有天使，在我心里，就是他们。

2

我的左手腕上有块疤，是按摩师傅给烫的。

事情原委是这样的——刚搬完家那晚，我跑去楼下的盲人按摩院按摩解乏。有个叫小刘的师傅推荐我做艾灸，谈起穴位保养头头是道，让我以为他经验老辣，完全忽略了他的视力问题。

他问我多大，然后说是同龄人。我诧异地端详他的抬头纹，难以置信。

"我长得显老。"他仿佛有读心术，我默默忏悔自己的不敬。

"你应该是 2005 年参加的高考？"他紧接着问道。我说是的，他随即打开了话匣子。

"我本该也在那年上大学，可惜高二就瞎了。当时还想死来着，后来也慢慢想开啦。有一天听广播，说培训按摩师，我就走上了这条道。哈哈，这就是命呢！"

小刘的口吻很平静，我却听得眼泪汪汪。正吸溜鼻涕，艾草戳进手腕，烤肉味扑鼻而来。

鬼哭狼嚎后，我并没有怪他，大概是被其遭遇深深打动的缘故。但我决定以后只做按摩和足疗，不准他们玩儿火。

这家按摩店的氛围很温馨，一个半盲的老板带着几个年轻人，边忙边侃，比春晚的小品搞笑多了。他们甚至还自揭伤疤地戏谑，做一个盲人有多囧。

"我最大的梦想，就是知道自己长啥样！"

"我感觉得到，你应该特矽碜！"

接着就是哈哈大笑，笑声最大的是顾客们。

按摩店唯一的女孩儿小张，今年不过二十来岁的样子，头发和皮肤都是雪白的。应该是白化病吧。可看上去很美。

她应该也很爱美，手表带跟发卡都是粉红色的，上面有米奇之类的卡通图案，廉价又可爱。每次去按摩院，她的着装都有改变，裙子没重样的。

有个好久没来的老顾客，看到小张后惊呼："你头发怎么漂白啦？"

小张腼腆地笑："我本来就是白头发呀，以前都是假发套。现在我要勇敢做自己，真实才最美！"

那顾客中肯地说："确实美，这色儿跟国际接轨。"

"嗯，我也觉得我有仙女风采。"

小张是个健谈的姑娘，跟熟络的人也会信口开河。

"你们哥儿俩又来啦？一个死人脚，一个肉松脚。"她用精准的比喻描述脚丫子的硬度。

"小刘别偷吃东西了，我听见你吧唧嘴了！"她的听觉侦测力相当了得。

大家都很喜欢她，像对待邻家妹妹一般，没有任何惺惺作态的怜悯。

对小张、小刘这些人来说，坚强是必修课。他们练就了过硬的情商，来弥补视觉的缺失，笑对生活的困境。

他们做得很好，自强自爱，不卑不亢。

3

不是拥有完好的感官，就拥有了完整的世界。并且，我们的痛苦未必就少于他们。每天见得太多，听得太杂，为表象所欺，为纷乱所扰，一颗心混沌浑浊，失聪失明。

记得我那大学老师，让我们戴着眼罩"看"电影，听声音猜故事。以往，窗台上落只飞鸟都会惹大家观瞧，现在不得不放弃杂念，屏息凝神地分辨每个角色，联想他们的动作状态。

电影放映结束，大部分人都觉得"爽"——脑补的画面之壮观，不亚于斯皮尔伯格和卡梅隆。真棒，我们不知不觉当了次大导演。这像极了儿时听收音机里的《广播影院》，男主女主的样貌全靠胡思乱想，想着想着居然爱上他们了，乃至不敢看原片，生怕"见光死"。

讲到小时候，还有不得不提的连环画，我们称它作"小人书"。印象最深的是《西游记》里孙悟空摆脱五行山那一幕，浓云滚滚，天崩地坼。我没有领教过那场面，却不自觉地耳膜振动。雷鸣声、呼啸声、泥沙俱下声夹杂而来，分外真实。

最精彩的知觉，来自最简陋、残缺的时代；纯澈的记忆，发生于满怀好奇心的少年。

为什么乐趣和见识不成正比？为什么无病的人最爱呻吟？

——你带着自以为是的狂妄，良心被纸醉金迷稀释，灵魂被酒色财气打散，怎会不困顿迷茫！

"感官"是好多个杯子，"感受"是里面盛的水。你只剩一个杯子，必会倾尽全力把它注满。

　　想发觉自己，就得多"走心"。我愿偶尔闭上眼睛，关上耳朵，在感官的失乐园里闹中取静，孤独地寻觅出路。

. 火车有多长？长不过那站台，
在回忆里走也走不完。

.喧闹都市，能否包容一个简单的故事？
总有一个童话，温暖你的孤独。

许多人来来去去，相聚又别离，
也有人喝醉哭泣，在一个人的北京。

——你以后会怀念主持这个节目的日子吗？

——当然会，只是当初不相信。

.这世界的分类，
本不该是胖与瘦、美与丑，而是开心不开心。

.爱情是难赢的战争，
需要苛刻的天时、地利、人和。

.在接近美好的路上，总会遇到，那是修行，不是错误。

.人总会越活越疲惫，
不妨找个人陪你累。

Chapter 7

没有眼泪的童话，
都是笑话

扫一扫，听有声版
《圣人传说》

时光慢递

　　在上海住了半个月。宾馆在二联村，旁边有座桥，这头荒芜那头繁华，像是两个世界。一天晚上，我喝到微醺，然后做了个梦。我把它整理出来，写下了这篇看似胡言乱语的故事。

　　如果能回到过去，我们也许会更用心地安慰某个人，那是对蹉跎岁月的真诚忏悔。

1

　　他叫翟童，很瘦很高，微微凸起的大眼睛和嫩红的厚嘴唇，总像要从那张白脸上进出来似的。

　　2012年，翟童二十九岁。那一年有许多人相信世界末日快来了，一刷微博，满屏都是玛雅人的寓言跟科学家的辟谣。翟童一只手滑动着手机屏幕，另一只手抚着阿楠的脸。

　　阿楠躺在翟童腿上，卷曲的长发乱蓬蓬地盖住他的膝盖，一脸飞扬的浓妆，把睡相描摹得狰狞。

　　出租车下了高速路，直接杀进了村庄。羊肠小道坑洼洼，阿楠一个激灵，颠醒了，假睫毛忽闪忽闪的。

　　她抻长脖子看着车窗外，又扭过头凶悍地瞪着翟童。翟童难为情地一乐，眯起的眼睛，像是俩馒头上的裂缝。

　　翟童自己也没想到，这个大都会里还有这么荒凉的村落。为了找到网上订的那家廉价旅馆，翟童几乎要把整张地图糊在脸上。七弯八绕，总算看到一栋矮楼戳在路口，脏兮兮的，玻璃门上贴着"住宿"两个红字，还掉了两个笔画。

翟童在一家小公司做市场销售，这次出三天的差，衣食住行的预算极其可怜。这事儿如果让阿楠碰上，绝对不会忍气吞声。就在前几天，阿楠在开完例会之后扇了上司一巴掌，变成了无业游民。她原本想跟着翟童出差散散心，没想到沦落到荒山野岭。

"附近有吃饭的地方吗？"阿楠总是习惯性地抻长脖子，嗓门儿也奇大。前台的服务员往后退了一步，指着门外的方向："往东走二里。"

难以下咽。阿楠撂下筷子，翟童仍坚持咀嚼着，牙齿发出巨大的摩擦声。

这一晚，两人把情绪都发泄在了做爱上，完事了谁也没去洗澡，呻吟声跟鼾声无缝衔接。

2

阿楠头不梳脸不洗地蜷在床上，用微弱的Wifi信号玩儿联网游戏。翟童坐大巴满身疲累地回来，想跟阿楠一起出门吃个晚饭，看到垃圾篓里的泡面包装袋，也就默不作声了。他决定再往远处走走，寻一家会做饭的餐馆，这样两个人心里都会舒坦些。

夜风潮湿，混着不知哪里来的水汽，似雨非雨。翟童垂头前行，直到发现自己走在坡路上。

怎么会有一座桥？

翟童停下来，恍然发觉自己脚下是一座石桥，两旁的石栏和扶手反射着惨白的月色，黑乎乎的河水像沥青一样黏稠。他朝来时的方向看去，宾馆已经远得望不见了，残存的几盏灯火也灭掉了。

昨天分明没有走过这条路！想到这里，翟童一阵心慌。正踌躇着，桥对岸一簇簇亮光乍现，看着诱人。他一鼓作气，大步流星地迈过桥去。

耳边，嘈杂声由弱渐强，驱走死寂。街角一拐弯，灯火通明、人头攒动，卖小吃的商贩倒腾出阵阵烟气，两边的店面拥挤错落，门牌的大字密密麻麻伸向远处，不见尽头。

翟童掏出手机，想跟阿楠分享这个喜讯，屏幕上却显示"无服务"。

他越往深处走，越不想再回去。透过满是涂鸦的玻璃橱窗，扫视着琳琅满目的货品，他想着，阿楠如果知道有这么一个地方，一定乐疯了。

一切像极了某个南方小镇，却说不上来名字。

路过一家甜品店，门口的黑板上写着四个粉笔字：时光慢递。

这是文艺青年爱玩儿的把戏——写一封信给自己，等着猴年马月收到了，感慨下岁月匆匆人生无常。翟童刚想扭头前行，却被里面的店员吸引住了。看不到脸，就那么一个忙碌的背影，感觉似曾相识。那女孩儿身形娇小，垂地的长裙隐隐露出花色鞋跟，干练的齐肩短发柔顺地飘来荡去，两只瘦胳膊长长的，正飞快地收拾书架。

她侧过头时，微翘的嘴唇泛着莹润的光，像要滴下露水的花瓣一样。她仿佛注意到有人在外面瞧，警觉地一回头，跟翟童四目相对。

翟童差点儿惊叫出来。

"王妍？"翟童念叨着，目不转睛地盯着女孩儿的脸，反复确定着。

王妍是他交往一年的前女友，早就溺水死了。

翟童的腿脚已经完全不能动弹，他以为自己到了阴曹地府。大概是惊惧抽搐的面部过于滑稽，女孩儿居然咯咯地大笑起来，腰都笑弯了。门框上的风铃叮叮咚咚地响，女孩儿已经推开了玻璃门。

"点什么？"女孩儿一对浓眉毛微微上挑，善意地笑着。

翟童摇头。

看她那副干净率真的样子，分明就是王妍。但就是因为此时这般的干净率真，如同从未相识的陌生人。如果不是喝了孟婆汤又自主创业的鬼，那就是模样性格都一样的克隆人。

"慢递？"女孩儿继续问。

翟童怕被当成神经病，刚想摇头又马上点头，然后不置可否地走了进去。

"你可以选择信纸信封，然后写上你要寄到的那一年。"女孩儿熟稔地说。

"怎么收费？"翟童仅仅是想多聊两句。

"从今年开始算，一年内一元，每过一年加三元保存费。"

"我寄到 2015 年。"

"六年，二十五。"女孩儿不假思索。

"六年？"翟童不解。

"对啊，今年是 2009 年啊，你算算。"

翟童彻底晕了，他觉得自己像是生活在楚门的世界，满满的真人秀节目恶搞桥段。

"哦……你怎么称呼？"

"叫我小妍就好，女开妍。"她拿出一个卡通信封，"把地址写上面。"

翟童和王妍在 2010 年认识。他知道王妍来自一个小城镇，也听她开玩笑说"做过物流"。王妍说话的语速很快，但又能传达出一种安静来。她眉飞色舞地说话时，你愿意听；她安静着发呆时，你也觉得享受。

王妍永远"安静"的那天，翟童痛苦得五脏俱裂。他所有的浪漫都付给了这个女人。在她灰飞烟灭的时候，翟童觉得自己最后的美好年华，也跟着焚毁了。

而她，永远地活在了过去。

3

翟童过了桥，回到了村落里。手机恢复了信号，振动个不停，全都是阿楠的来电记录。

刚才告别的时候，王妍对他的iPhone 4很感兴趣，说屏幕这么大，还能摸来摸去的，好神奇。

想到这，翟童笑出了声，又忽然内疚起来。午夜了，他知道阿楠肯定还在等他。

"我们明天换一家酒店！我让我妈给我打了一万过来，咱别这么穷酸。"阿楠趴在翟童的身上，一团乱发铺在他胸口。他摇摇头，说："再住两天就回去了，忍忍就好。钱留着，买房子用。"

阿楠听到这话，又扫兴又开心，用力地亲一下翟童，翻身睡去了。

翟童没有告诉她今晚去了哪里，在进门之前就想好了理由来搪塞她，也用足够的热情和体液，宣告自己的忠诚。

睡不着。一番辗转反侧，他悄悄爬起来，捧着笔记本电脑躲进了卫生间。

D盘有个隐藏文件夹，里面都是两年前的照片。他反复回忆几小时前的"重逢"，看着屏幕上开怀大笑的合影，心脏好像被一只满是老茧的手攥紧。

从前的自己，一脸稚气，眉头舒展。感情和工作都没有动荡，对生存和生活都没有过多忧虑。

纵使能回到过去，自己也已然只是个旁观者。

他看着镜子里的自己，肿胀的眼睑，下垂的嘴角。他看到自己的鼻翼在不由自主地颤抖，接着是一声抽噎。

阿楠敏锐地睁开眼睛，侧耳听了听，用被子盖住了脑袋。

4

"你有男朋友吗？"

这是翟童刚跟王妍认识不久时间的。当时王妍很爽朗地摇头，短发飘来荡去。

眼前的王妍刚招待完顾客，懒散地靠在沙发上，一贯的素面朝天。

"你有男朋友吗？"翟童再次问起，语气很虚弱。

他不确定问这句话的真实目的是什么，也许是出于对过去的猎奇，也许仅仅是为了重温一下怀念的剧青。

王妍的两只瘦胳膊抱在胸口，似乎有些放空。忽然，她放声大笑起来："我都有小孩了！"

翟童一愣，也傻乎乎地跟着笑起来。直到王妍幽幽地补了句"真的"，两个人都沉默了。

"我叫他'小哈'。"她低头摆弄着手指甲，扑哧地笑了一声，"朋友们都说像狗名。"

翟童研判地盯着她的脸，他希望她是在开玩笑。

"孩子的父亲呢？"翟童问。

"单飞了，远走高飞。手机换号都没告诉我。"王妍的语气很平淡，又有一丝怨怨。"不管了。孩子遗传我，体质差，好好长大就好。"她又放空了几秒，转头问翟童，"你连杯茶都不点，来这聊天啦？"

翟童看着柜台后面墙上的字板，上面用粉笔写着饮品的种类和价位。他一抬手，点了个最贵的。

王妍会意一笑，说："我请你。"

翟童克制自己的失望跟气愤，他想问个究竟，又怕越听越气。咖啡忘了加糖，涩苦的味觉真实确凿。

"小哈呢？"

"医院。"王妍说，"不知道救不救得回来。"

"那你……"

"我去了也没用。再说，每天都得用钱，我得自食其力。"王妍生硬地挤出了个笑容，"其实我天天都去看他，可他就没睁开过眼，睡得特香。"

翟童觉得，自己面对的，是一个完全的陌生人。

"你为什么跟我讲这么多？"翟童问。

"我话很多吗？"王妍哈哈一声，把头发别到耳后，跟忽然想起什么似的，"昨天你怎么跟见鬼一样？我还以为你认识我呢！"

"确实认识。我还知道你最爱吃鱼香肉丝。"

王妍的表情僵在那儿，眼睁睁看着翟童走出了店门。

翟童暗自做了个决定，再不过来见她。

这一夜，翟童一直没睡踏实。记忆细胞被激活，许多情节都生动地浮现。发肤相亲时，温热光滑的触感，还有互相对视时，眼里平静的爱意。

她根本是个不会撒谎的人，哦，她没有撒谎，只是绝口不提罢了。

那年，翟童和王妍在市区租了个老旧的一居室，杂乱又温馨。

"我没钱，你还跟着我！喜欢我什么？"翟童曾问。

"喜欢你有自知之明。"王妍调皮地大笑，两条瘦胳膊环绕着翟童的肩颈。

她爱笑，但她并不快乐。大城市的生活节奏，快得让人窒息，她让自己陷入奔忙不得空闲，还在抽屉里偷偷藏了抗抑郁的药。原来她从未忘记过去。

王妍……王妍。

5

这是他们逗留的最后一天。翟童不用再出门奔走，结结实实地睡了个懒觉。他醒来时，看到阿楠正往泡面里倒热水。

"昨晚你说梦话了。"阿楠语气很平和，听得翟童一惊。

"我说什么了？"翟童惊慌地坐起来。

阿楠扭过身，盯着翟童闪烁的眼神。

"这两天你到底去哪里了？"

翟童屡次欲言又止，最后干脆放弃辩解，眼见着阿楠缓缓竖起中指。

房间的气氛自此凝固，只剩下喝面汤吸溜吸溜的声音。

吃完东西，阿楠抄起行李箱就摔门离开了。

翟童一个人愣愣地坐着，偶尔给阿楠打个电话，每次都是硬邦邦的关机提示。他就这么一直熬到天黑，脑子时而放空，时而满涨着杂乱的念头。

放不下昨天的人，永远无法重新开始。其实，自己跟王妍，是一样的。

回程的列车在午夜出发，他也要走了。

"请问，附近是不是有座桥？"

前台服务员一脸茫然。

翟童走到街边，等着去车站的大巴。车来了，他却犹豫了。他抬手看了下表，决定去那家寄慢递的甜品店，去找王妍。

6

店门紧锁。

翟童转身的时候，看见了满脸泪痕的王妍。

"小哈没了。"王妍捂住嘴巴，耸着肩膀抽泣，短发和长裙都不住地颤抖着。翟童注视着她，感同身受的心痛，却没有拥抱的冲动。

桥上的夜风似乎更凉，河流不见水波，只有潺潺的声响。

"你接下来怎么打算？"翟童问。

"重新开始。"王妍深吸口气，"离开这里。"

翟童一笑："我知道你要去哪儿。"

"你这么能掐会算，告诉我，我会过怎样的生活？"

翟童凝神想了一会儿，慢吞吞地说："你会遇见一个丑丑的男孩子。他性格很慢热，也不会说话。但你喜欢他，因为他不会伤害你。"

王妍抿嘴一笑："然后呢？"

"但你想忘掉过去，也害怕失去幸福。所以你对自己的事只字不提，所以那个男孩子一直不知道。他就算知道了，也只会介意自己没有早早地安慰你。"

"再后来呢？"

"后来，你不要他了。他觉得孤单，也越活越麻木，他遇到另一个喜欢他的女孩儿，很任性，很热情，能时时刻刻提醒他，人活着，应该无所畏惧，应该大胆去闯。"

"这么遗憾！"王妍一副听故事的表情，"他那么好，我为什么要离开他？"

"你也不想的。所以，留在这里吧……也许你会过得更清静。"翟童呵呵地傻笑了一下，"我要走了，快赶不上车了。"

王妍露出不舍的神色，那神态就是翟童记忆中的她。

"再见。"翟童伸出手，将王妍冰凉的手握在掌心里，微微发抖。

"你血糖低，不要乱吃药，更不要一个人去游泳。如果你不快乐，遇见谁都没有意义。"

翟童转身下了桥。他再回头的时候，河流和桥已经消失，变成了平地坦途。

王妍，是上一秒的幻影。

他坐上了大巴，车窗外流淌出一片繁华，在泪眼里闪烁成点点光斑。

候车大厅里人群沸腾，阿楠在人群中一个回头，正好被翟童瞧见。翟童跟头咕噜地飞奔过去，紧紧地抱住了她，任凭阿楠再捶打，都不肯撒手。

"过去的事我都不要再想了。我只要你。"

7

2015 年，某月某日。

末日没有到来，世界如常运转。

翟童把租房给买了下来，请了个保姆照顾怀孕的阿楠。三年前的事，在头脑里越来越不真实。翟童甚至怀疑，是因为那段日子工作压力太大，神经衰弱导致的荒谬幻觉。

敲门声响起，一纸信笺落在手中。信封上的卡通图案鲜艳得刺眼，"时光慢递"四个字印在背面。信是这么写的——

翟童：

你把地址给了我，却忘了写信啊。

那我就写一封慢递给你吧，不用你付钱。

今晚谢谢你能陪我聊天。也许我会留在这里，永远守着我的小店。

CBD，谢谢你爱我

我在北京待这么久，好的坏的都爱上了，看的听的都记住了。

讲个故事，在看不清央视新大楼的雾霾天。

他和她，听着很美，像逆风的城铁一样勇敢。

1

我叫陈柏东。

二十六岁，我过得特别不好。前任花了我五万块整容，又跟个肌肉男私奔了。

我换了个小区租房子，怕伤心地想伤心人。我问物业借了个小推车，运一趟就搬完了。

我窝在次卧，等外面洗手间里的女房客出来，憋得直蹦。

好好笑，贫困潦倒没人要。不行，我得自强，证明自己有力量。

找个人上床。

手机里的女人说："来我家吧。"我简直感恩戴德，换了条新裤衩，洗了把脸。镜子里的人不丑，器大眼大一米八。

她的小区距离我的住处两公里，我双腿转公交转双腿，绕了个弯路。到她家门口，我忽然想溜。

我是个怂货，没约过。

敲了一下门，数了十个数，就想掉头跑。然后门开了，那是我第一次见楚贝丹。

她个子很高，到我的眉毛。湿漉漉的长发和红睡衣，像女鬼。

"进来坐。"

我紧张得双腿并拢，牙签插着苹果不停往嘴里送。她吹干头发坐我对面，长眼睛翘嘴唇，美得不像话。

"你为什么在发抖？"她问。

"有吗？"我把两条腿分开，挺起胸膛。

她很善良地克制嘲笑，嘴巴憋成一道缝。

"今晚就住这儿吧，但什么也不许做。"

2

她是外地人，她说梦话有南方味儿。

我前半夜盯着她，后半夜趴着打盹。浑身膨胀，我忍了，怕被撵出去。

天亮了，我饿了。如果出去买早餐的话，进不来怎么办。我书包里有昨天剩的面包，煎了吧。

她吃得很香，说："你这几天晚上就在这儿吧。"

我问："还是不能动吗？"

她大方地点头说："对。"

"好吧。"

她是模特队的头儿，没场子跑就闲待着，我是事业单位，朝九晚五，无比规律。之后三天，我下了班就去她家住，她甩给我个抱枕，让我骑着睡。

第四天，我饥渴难耐，把抱枕垫在她腰底下，一翻身趴她身上。她瞪大眼睛盯着我，说："来吧。"

"那你明天会赶我走吗？"

"看心情！"

我超常发挥，最后一刹那像站在世界之巅，把贫穷、失恋都忘个干净。

"陈柏东，我们交往吧。"

"楚贝丹，好的。"

3

她问："你跟几个睡过？"

我说："一个，你呢？"

她认真想了好半天，说："好多个。"

她说她上个男友是模特同行，一块儿接活挣钱。去年冬天，卷着十几万跑了。我说我也有五万块喂狗了。她说不多啊，我说我卡里就剩一千了。

"哦，那你以后花我钱吧。开了春，等北京车展开了，我就有赚的了。"

她说去酒吧，我嫌太闹；我说去划船，她嫌无聊。

到后海转悠一圈，才知道一杯酒八十，一艘船一百二。

"太贵了，我们走吧！"我拽她。

"我花钱，不用你管！"她推我。

我坚持拒绝，她被我气跑了。

我跟楚贝丹不合适。跟她在一起，我显得又村儿又无能。我得赚钱。

一个老相识要开公司，向我借钱周转资金，说事成之后分肥肉吃。

我刚攒下几千块，又找其他人凑了几万，一并打给他。

然后他消失了。我去百子湾找他，他不在。另一个朋友说，他最近的生活只有两件事，吸毒和出国，根本没要开公司。

我又被骗了，我想死。

4

我第一次求楚贝丹："借我点儿钱，我要付我那边房租。"

她要我直接搬过来，彻底跟她同居。

"好，就当你养条狗吧。"

她还真养了条狗，一只叫太郎的秋田犬。它是我世界里，唯一一只比我弱小的生物。我爱它。

太郎乖，太郎吃饭啦，太郎拉屎啦。

我待太郎太好，楚贝丹很不满意。

"陈柏东，我在你眼里不如一条狗。"她冷笑。

她说她要把狗扔了，我说要扔先扔我。她把她的 iPad 砸了，我把我的小米摔了。

她的生意不好做，偶尔跟我发牢骚。我的欠款没要回，又背了一身债，不敢跟她说。

我们半个月没做爱。

5

同居第二年。

太郎越来越胖，我和楚贝丹越来越瘦。

我的单位人事变动，原来的老领导辞职了，我们成了新领导的阶下囚。同事陆续跳槽，不到一个月，就剩我一个元老民工。

楚贝丹带的模特都转投他家，越混越好，不需要她了。

我们都在想办法，越想越没办法。

我的倒霉不止于此。体检给查出大三阳，医院开个单子，建议在家休养。否极泰不来，我真要熬不下去了。

楚贝丹蹲在厨房呜呜地哭。

"你是嫌弃我吗？"我问。

她摇头。

"你是怪我没早告诉你吗？我以前就有，可是很早就转阴了。"我解释。

她摇头。

我大喊："那你哭什么哭？"

她把平底锅扔到我额头上，我差点儿昏倒。

敲门声跟崩爆米花似的，我开门，被一拳撂倒在地。

他们问我什么时候还钱。

6

我跟楚贝丹一致决定分手。

有个民谣乐队在麻雀瓦舍开演唱会，我买了两张票。

楚贝丹说，她跟她之前的男朋友们经常结伴看演唱会，跟我两年，居然戒了。

我要补偿她，临走之前。

人好多啊，稍微不留神就被挤丢了。我把她拽到消防栓那儿，让她坐在灭火器上。

"你去干吗？"她问。

"你等等。"我说。

一杯酒八十，好贵，我只认得莫吉托，好囧。

我双手捧着杯子，左躲右闪，寸步难行。楚贝丹看向我，又把头扭回去。

台上的歌手唱：

城市的夜晚，虚伪的光阴，遮住你的眼睛……

她喝了半杯，手背在鼻子上蹭，指尖滴泪。

"你别哭了，拖油瓶要走了。"

"陈柏东，你知道吗？我多想过安稳日子，所以我找了你。没想到你的人生自带阴雨雷电，还把我给劈了。我以为你老实，能给我安全感，可我错了。"

"你别哭了，拖油瓶要走了。"

突然停电了，歌手在台上清唱。观众从躁动恢复寂静，也有人觉着扫兴，三三两两地离场。

楚贝丹把头靠在墙上，静静地望着。

"你别哭了，拖油瓶真走了。"

我前脚刚出门，身后灯光又亮了。

许多人来来去去，相聚又别离，也有人喝醉哭泣，在一个人的北京。

7

唉，我快三十岁了，还活得乱七八糟。可怜之人必有可恨之处，我不可怜，我可恨。

大夫说我指标降不下来，得观察一阵儿。吊瓶滴答滴，好像在流眼泪。

住院出院，恍若隔世。我还得再找房子住，最好彻底搬离朝阳区。

三十岁还这么潦倒，我就回聊城。呃，聊城没有楚贝丹……不，她早不是我的了。

"喂，陈先生吗？有个房子价位合您的意。我同事住主卧，您可以住次卧，有时间去看看吗？"

"有。"

水碓子路。破破烂烂的老街道，衬托着雄赳赳的央视新大楼。

我跟中介上了二楼，暗灰满目，潮味扑鼻，门开着，里面有响动。

"汪汪汪！"一只肥墩墩的秋田犬扑过来，楚贝丹喊着太郎跟出来。

我想跑，又不想跑。

中介在身后笑，楚贝丹冷着一张脸。

"陈先生吧，我跟我的狗一屋，你单独睡，这样行吧？"

"不行。"

我把门甩上，紧紧抱住了她。

"楚贝丹，我们交往吧。"

"陈柏东，这几天别动我。"

"好，那……从明天再开始计算，好吗？"

食人传说

那年，我跟着一群江湖艺人去演出，认识了王猛和花花。我对他们印象很深，一直想写个故事，就是不知该怎样定调。偶然的机会，读了李碧华的《黑伞》，让我又想起他们。

百年修行，毁于一旦。人间一趟，世事茫茫。

1

这是个偏远的县城，往常不到晚上十点就死气沉沉，这几天因为有演出，千百号人乌乌泱泱地涌进广场。音响轰隆、霓虹流转，"啤酒节"的横幅分外醒目。

正在台上表演的中年男人，长头发和厚皮衣都泛着油腻的光。他捏着一枚灯泡，对着众人晃了晃，在一片惊呼声中将灯泡塞进嘴巴，咔吱咔吱地嚼碎。

"好！"台下观众爆发阵阵喝彩。有人高呼"再来一个"，引得一片哄笑。

那男人倒是镇定，他把碎碴儿咽下肚，一板一眼地说道："我昨天就来演过了，还记得我叫什么名字吗？"

"王猛！"——有人嘶喊着回应。

王猛甩了甩头发，从额头到右颊遍布着凹凹凸凸的疮。他弯下腰，从脚边的帆布袋子里拿出一大瓶白酒，让观众尝了口，证明是真的。

"干了！干了！"此起彼伏的呼喊声。

王猛面露得意，高举酒瓶对准鼻孔，另一只手示意大家看仔细。窸窸窣窣的议论声里，不断有后排的人挤到前面来观望，满脸的不可思议。

瓶中的酒越来越少，王猛张着嘴巴呼吸，耳根子、脖颈子都红通通的。

随着又一声"好"，王猛将酒瓶重重地摔碎在台上。DJ把音乐推高，重金属鼓点震荡整个广场。

"停！"王猛喊了一声，现场又安静下来。

"明天是我最后一场演出。两年前，我第一次来到这儿，身无分文，是一个好心人救济了我。没想到现在，我还能借着演出的光回来一趟。我希望能亲自答谢这位好心人，可惜我不知道他的名字，连姓什么也不知道。他六十多岁了，光头上面有几颗痣。如果哪位父老乡亲认识，劳烦帮我找一下，王猛在此谢过了！"

说罢，王猛跪在台上，结实地磕了个响头。

"好样的！"台下一片呼声。

王猛站起身鞠了一躬，大步流星地走下台，与舞蹈演员"花花"对视了一眼。

花花是王猛收的徒弟，今年才十七岁。数月前，王猛在演出中认识了她，得知她是个孤儿，做夜场演出赚钱吃饭，又没什么门路，便带着她到处跑。"花花"这个艺名是王猛给起的，因为他很喜欢"花花世界"这个词。

花花穿着粉色薄纱，白皙的肌肤若隐若现，肉色底裤紧裹着丰臀。她在男人们喷洒的啤酒中翩翩舞动，面无表情。

今天的演出结束了。演出方的大巴车在广场口候着，王猛和花花结伴往外走。

"师父，你当真不演了？"花花问。

"嗯。"王猛应了声，半晌又补了句，"时间到了。"

花花呼了口气，压低了声音："你不管我啦？"

"这个演出商是我朋友，你可以继续跟着他们干，人靠谱。你攒够了钱，就去找个正经工作。"

花花不以为然地耸耸肩膀，浑浊的浓妆盖住了本有的稚气。

"妞！过夜怎么算钱？"

一个男人从身后拽住花花，吓得她惊叫了一声。

是个醉鬼，显然是被现场的免费啤酒给灌晕了。

王猛伸手攥住那人的胳膊，花花躲在了他身后。

"没你事！滚开！"那人嚷嚷着，一个趔趄被王猛拽到眼皮底下。

王猛瞪着他，黑眼珠齐刷刷地翻到后面去，眼眶里是两枚血红的肉球。

"鬼啊！"

那人哭号着逃窜。

花花好奇地巴望着，转头问王猛："师父，刚才是用了特异功能？"

王猛笑着摇摇头。

2

穷地方的宾馆也是破陋的。小雨拍打着窗，闷雷和闪电交错袭来。

王猛在潮湿的床单上辗转反侧，许久不得入眠。忽然，他似是听到了什么动静，从床上滚下来，猛地向前一扑。

是只黑猫，挣扎着发出嘶哑凄厉的号叫。它在王猛的手中化成一团浓黑的烟，翻滚着不见消散。

"放开我！"

王猛捧着那团黑烟站起身来。

"你，守在这儿做坏事？"王猛问。

"同生为魔，你修善道我行恶道，井水不犯河水！"黑烟怪叫。

王猛不听它多说，两只手越凑越近，黑烟被挤压得越来越瘦。

"饶了我吧！你在人间都待了两百年了，我连你的一半都不到，就当积德，放我一马！"

王猛冷笑一声，手背的筋脉隆起。

"你当真这么狠心？我确是食人精气，也好过你被人欺负！你帮过多少人，他们又是怎么对你的？一身本事不用，沦落到卖艺，做人也是下等人！"

王猛一听这话，顿时松了力气。黑烟升腾成一条蜿蜒的蛇，从窗缝逃了出去。

这一晚，王猛彻底睡不着了。

两百年颠沛流离，他像常人一样，在战争年代躲躲藏藏，在和平时期为生计奔忙，学新的手艺，去陌生的地方。他几次想安家驻扎下来，却苦于俗世的瓜葛纷扰，不得不搬走——只可为善，不能作恶，这八个字远比想象的难为。树欲静而风不止，总有险恶的人欺凌到你头上，你却不可还手报复，只能任其宰割。

王猛上次被坑，是因扶起路边摔倒的老太太，结果被讹得够呛。

如果一切顺利，还有两天他就可以逃离这人间炼狱了。王猛天天掐指头算着，多一时半刻也熬不下去了。

次日的演出按时进行。王猛吃完一枚灯泡，台下又扔过来个袋子，里面装的都是灯泡。

"都吃了！都吃了！"几个人不依不饶地叫喊。

王猛装作听不见，继续按流程走。他打开帆布袋子，发现白酒不见了。

应该是有人存心拿走的。

莫非是要逼自己吃完那袋子灯泡？王猛正嘀咕着，台下又扔过来一小瓶白酒。王猛飞快闪身，差点儿被砸到头。

"喝了！"又是那几个人在起哄。

王猛捡起那瓶酒，里面掺着棕红色的粉末。他犹疑地往人群中望了望，灯光太刺眼，眼前是黑压压的一片。

"喝！喝！喝！"观众们异口同声地高喊。

王猛知道，如果再不喝，怕是有人会理直气壮地闹事。台子要是砸了，演出方肯定不乐意。万一因此迁怒花花，他走了也不会安心。

他把酒瓶口对准鼻孔，整个呼吸道都烧灼起来。

是辣椒粉。王猛几次要咳嗽，都生生忍了下来。他心里咒骂着。等最后一滴流尽，他拳头一紧，瓶子碎成了渣儿。

"我说了，今天是我最后一场演出，谢谢各位捧场。有得罪之处，请多包涵！"

王猛说罢，鞠躬告别。

3

窗外乌云掩月，呜呜的猫叫声像极了婴儿的啼哭。

王猛收拾着行李，花花在旁边给他叠衣服。

"我就知道那瓶酒不对劲儿，就赶紧求人给你去买了，结果还是晚了。"花花嘟囔着。

王猛笑笑："师父知道你对我好。"

"你真的不生气啊？"

"生气又能怎样？做下等人，就是要受苦的。"王猛长叹一声，"花花，以后过正经日子吧！"

花花不作声，把最后一件衣服铺在王猛的行李箱里，蹲在了他对面。

两人四目相对，王猛快速移开眼睛。

"师父，你喜欢我。"花花道。

王猛愕然地看向她。

"不要说把我当女儿一样看，就层窗户纸的事儿。"

"别胡闹！"王猛厉声呵斥。

"师父，带我走。"花花抓住王猛的手，又抠住他的掌心。

王猛跟个孩子似的，瑟缩成一团。

一阵疯狂的凿门声打断了他们。王猛起身去开门，刚扭开锁，几个男人迎面闯进来，把他按在地上。最后一个进门的，就是那天被吓到的醉鬼。

"我让你不识相！我让你装神弄鬼！"那人在王猛脸上踹了两脚，见花花正掏手机，一巴掌给她抢倒。

"别忘了谁是地头蛇！收拾你还不跟踩死只蚂蚁一样！"那人朝王猛吐了口唾沫，让几个弟兄把他绑到凳子上，又回身转向花花，耸着肩膀淫笑。

"先爽爽，再干活！"

花花惊惧地尖叫着，衣服被七手八脚地扒光，接着便是哗啦哗啦解裤带的声音。

王猛憋住劲儿，身上的绳子突然着了火，啪啪地断掉了。他抄起凳子，朝那几个恶徒砸去，一地的碎木料。那几人反应也快，立马围过来反击，王猛后退几步躲过拳脚，却被一棒子砸到头上，鲜血汩汩地往下淌。他愤怒地吼叫了声，浑身冒起了黑烟。

转瞬间，王猛的皮肤开始爆裂，无数条蛆虫钻了出来，迅速地爬满几个男人的身体。

不过三分钟，只剩下一堆骨骸。

花花抱头惊叫着，她连滚带爬地扭开门，逃出了宾馆。

"花花！"王猛想追过去，又停住了步子，"你怕我。"

4

几年后，王猛还在人间。也改头换面，重新开始修行。

花花早已下落不明，王猛每每想起她来，就会掉泪。

机缘巧合，他又来到了那个县城。在深夜的高速路入口，他看到一个老大爷在烧纸，火堆旁摆放着一个男人的遗照，看着眼熟。

是那个酒后滋事的家伙，烧纸的应该是他的父亲——骨瘦如柴，佝偻着腰，光头上面有几颗痣。

王猛呆住了，手指在掌心抓出一道道灼痕。

总有一个童话，温暖你的孤独

　　那年冬天，我在厦门的海岛上。每只猫猫狗狗都安然惬意，敢躺在道路中央晒太阳。

　　那儿是个允许做梦的地方，多年后的现在，依然留恋。

　　直到前不久，一个工作上有合作的女孩儿，告诉我她来自那个海岛，悠悠的南方腔，措辞满是诗情画意。我们在拥挤的地铁里畅聊，恍然间有些伤感——多么想回去再看看呢！

　　喧闹都市，能否包容一个简单的故事。

　　总有一个童话，温暖你的孤独。

1

　　小粟已经有七年没回小岛了。

　　他在奶奶的墓碑前蹲了好久，直勾勾盯着上面的遗照。她的皱纹比记忆里多了些，三角眼耷拉得更厉害了。

　　"对不起，我回来晚了。"他抱歉道。站起来走了几步，才想起手里还捧着花。

　　小粟又回去把花放到墓碑前，迟钝地鞠躬。

　　他弯着腰一动不动，像棵被风折断的小树。再抬起头来，眼圈已经通红。

　　"奶奶，我真走了。"

　　小粟后退着，跑出了墓地。

龟裂的云渗出微弱的天光，成片成片的大理石墓碑反而白得刺目。

今天的风并不温柔，可以把他的衬衫吹蓬开。小粟跑啊跑，跑过迂迂回回、高坡低谷的路。那些鳞次栉比的小矮房在视野中浮起来，烟囱最粗的那户，是奶奶的家。

也曾经是他的家。

奶奶的房间还有熟悉的香皂气味。洗脚盆和痰盂在木床的两边放着，都是干干净净的。新床单平整地铺在床板上，枕头被褥已经没了。

小粟回想着奶奶盘腿坐在床上嗑烟斗的样子，凶巴巴的。

"几点走？"姑妈捧着个木头盒子走进来。

"这就走。"小粟礼貌地回答。

姑妈把盒子递给他，明显是刚刚拿湿抹布揩过的，上面还有水痕。

"你奶奶留给你的。"

盒子被密封得严严实实，胶布绕了好几圈。小粟把它塞进双肩背包，跟姑妈告辞了。

他准备坐最后一班轮渡，再乘火车回到北方。

还有两三个小时可以磨蹭，他决定去海边走走。

裤兜里伸出的耳机线在脖子下晃荡，同一支曲子不知循环了多少遍。小粟垂着头，直到听见鼓噪的海浪声。

青黑色的，无垠的海。沙滩上坐着个七八岁的小男孩儿，时不时地往水面扔石子。

小粟记得，自己在那个年纪也喜欢这样。

他慢慢靠近，摘下耳机。小男孩儿哼唱着的，刚巧是他一直反复听的旋律。

这是首叫《小鱼》的钢琴曲，在十多年前就发行了，几乎没几个人知道。

小粟在他身边坐了下来。男孩儿转头瞅瞅他，不作声了。过一会儿，他又扔了枚石头。

"你唱的是什么？"小粟明知故问。

"不知道，匹诺曹总在放。"男孩儿噘着嘴巴。

"匹诺曹？"小粟觉得很有意思。

"嗯，总说谎。说好今天早上回来的，我都等到现在啦。"男孩儿的语气里有滔天的委屈。

小粟跟着男孩儿噘起嘴巴，耸了耸肩膀。

远方有只渔船，在云隙底下的天光里缓缓穿行。

小粟也唱起来，同样的曲子，只是给填了词。他嘴巴基本没张开，欲吐不吐地含着字。风浪一阵阵涌来，听着歌声忽大忽小，像消了磁的卡带。

"哥哥能教我吗？这么唱更好听。"

"我跟你这么大的时候，没人听我唱的。"

"怎么可能？"

"嗯……有。"小粟严肃地想了想，"不过，是条鱼。"

"鱼？"男孩儿难以置信地张大嘴巴，继而又失落地扭回头，"你们都把我当小孩子，都骗我。"

"真的。"小粟长长地嗯了一声，似是在思考从哪说起。

那是十五年前，小粟八岁。

他跟这个熊孩子一样，在海边坐着赌气。远方也有只渔船，倘若再靠近些，小粟一定会扑腾着爬上去，声势浩大地离家出走。

小粟当时的不满极其简单——妈妈太小气，不给他买卡带。软磨硬泡了大半年，她的回应都是"有钱再说"，简短而残忍。直到这天早上，小粟跟妈妈嚷嚷了几句就头也不回地冲出家门了。

他自小就爱唱歌，虽然每每开口，伙伴们都会捂住耳朵做出生不如死的表情。

哦，这话说得不对。首先，小粟是没有"伙伴"的——他们全家都是外迁户，爸爸过世得早，家里只有妈妈和奶奶，没人乐意跟他玩儿。另外，小粟唱歌没那么惨不忍闻，只是没人愿意当听众罢了。

他只有对着大海引吭高歌，来排解郁闷。其实他只会那么几首歌，翻来覆去地没完没了。

就在那天，一件神奇的事发生了。

小粟唱着唱着，发现眼前不远处的海面涌起旋涡，慢慢向他靠近。

小粟吓坏了，以为是条大鱼。

不，是条小鱼。它从旋涡中央跃起，被水花萦绕着。就那么一瞬，它又钻进海里，只能看到一条火焰似的大尾巴，其他的什么也瞧不清。

"你是谁？"小粟捡起一块石头，"出来！"

"我……我不出来！我刚才就是透口气！"海里的那条鱼回应道，听声音像个比他还小的孩子。

"你继续唱嘛！"它恳求。

"你要听？"小粟喜出望外。

"嗯！"那旋涡还在转。

小粟又把刚才那些歌唱了一遍。有听众的感觉就是不一样——他特别卖力，陶醉地摇头晃脑。

直到暮色沉沉，小粟才鞠躬谢幕。

"真好。"它说。

"你的尾巴好像狐狸，我给你取个名字，叫狐尾鱼，怎么样！"

小鱼咯咯地笑："听不懂，随便你咯！"

"那我们做好朋友吧！"小粟的眼睛发亮。

"可以，但答应我，先回家。"

"不。"小粟又变得气鼓鼓的，"我妈妈什么礼物都没送过我，奶奶也永远臭着脸。"

"你如果不回家，我们就不是好朋友了。"

这"恐吓"果然奏效。为了能再次见面，小粟跟它告了别，往回折返。

奶奶盘着腿坐在床上，猛嘬了口烟袋，灰云朵朵遮住了脸。

小粟以为奶奶又要揍他，躲在了水缸后面。

奶奶的喘息声越来越大，接着便是扯破喉咙的恸哭。

那个夜晚，小粟再也没有妈妈了。

她照旧出海打鱼，在小岛另一端。由于常年体力透支，她晕倒在了返程途中，被人捞上岸时已经没了呼吸。

几天前，妈妈就买了本卡带，藏在柜子里，预备等小粟过生日再拿出来。

A 面的第一首曲子，叫《小鱼》。

2

小粟把手机从裤兜里掏出来，放在沙石上。

功放喇叭的音量太小，那男孩儿干脆趴下来，凑近着听。

"你奶奶总是揍你？"

"是啊。"小粟唉了一声，"她确实挺凶的。"

"匹诺曹还好，不凶我。"男孩儿抠着指甲里的泥，"后来呢，狐尾鱼呢？"

小粟深吸口气，闭上了眼睛。

起初，小粟每天都会坐在海边哭一哭，狐尾鱼每天都会来。它很少说话，多数时间都是听小粟喋喋不休。到日落时分，两人告别，各归各路。

"小鱼，你有家人吗？"

"我？我的家人就是海啊。"

"真好，它永远不会离开你。"

"谁说的，海是流动的，今天的跟明天的不一样，这一秒的和下一秒的不一样。只要你接受，就永远不会寂寞。"

小粟慢慢说服自己接受事实——作为一个父母双亡的孩子，即便命运再悲惨，也要活下去。

泪水会干涸，伤痛会淡忘。

后来，小粟很少再见到狐尾鱼。他总是去海边等，等着旋涡出现，每次都是落寞而归。

一次，狐尾鱼终于现身了。

"你应该多交些朋友的，你已经十岁啦，不能每次都来找我呀。"

它说完，层层叠叠的浪冲洗而过，海面恢复如常。

能真正称之为朋友的，恐怕只有芸芸了。

芸芸是个皮肤黝黑的小女孩儿，总是爱瞪大眼睛笑，眼白和牙齿显得特别醒目。

她算是有钱人家的孩子。小粟曾亲眼看到她爸爸抱回来一台双卡式录放机，他恨不能追上去央求他："借给我摆弄一小会儿吧，就一小会儿。"

他当然没有勇气开口，只能攥着妈妈买的那本卡带，硬着头皮求芸芸。

芸芸爽快地同意了。

卡带送进卡座，轻轻一推，舱门紧闭。按下播放键，齿轮旋动，像极了顾盼流转的眼睛。

钢琴轻灵的乐响从扬声器里飘出来，小粟傻乐着，趴在录放机上。

正反面一共四十分钟，小粟几乎每天黄昏放学都去听一遍，所有曲目都烂熟于心。

天有不测风云，在播放第无数遍之后，卡带坏掉了——音乐变速成诡异的噪音，齿轮停转，什么声音都没了。弹开录放机一瞧，乱糟糟的"海藻"搅在了里面。小粟焦急地一拽，干脆撕成了两截。还好芸芸有经验，剪了一窄条透明胶，将断处拼合起来。此后，每每播放到那儿，就会有两秒钟的空白。

"对，就是放到这儿的时候。"小粟指着手机，对那个男孩儿说。

恰巧此时，手机发出电量不足的警告声。

小粟跟男孩儿都笑了。

"那你喜欢她不？"男孩儿抻着脖子问。

小粟拍了下男孩儿的脑袋。

"那时候哪像你现在懂这么多呢？"

的确，从十岁到十五岁，两个人经常结伴同行，却从未想过早恋那档子事儿。

那五年，许多事一点儿都没变，比如小粟的生活还是毫无起色地拮据，奶奶的脾气还是一如既往地火爆。

奶奶的抠门程度不亚于妈妈，但小粟是万万不敢顶撞她的。

"奶奶，我们晚上吃猪肉吧！"

"吃你奶奶！"

"哦。"

各种对话基本都以类似的形式终结。

唯有一件事例外，就是转学。

岛上有许多孩子，都是在九年义务教育之后放弃读书，或者去外地读更好的高中。奶奶思前想后，决定选择后者。

"你本来就没什么出息，再不读点儿书更没救了。"

这是奶奶的原话。她一副恨铁不成钢的臭脸，在烟雾缭绕中像极了童话里的巫婆。

离开小岛的前一夜，奶奶把厚厚一沓钱装进信封，缝在小粟的内裤里。

"撒完尿甩甩，别弄湿了。"

小粟注目着奶奶忙里忙外的样子，有隐隐的心疼。

"明天你姑妈搬过来住，又不用你管。"奶奶佝偻着腰，给他打理包裹。

"哦。"

当晚，小粟又到了海边。

"你跟她告别了没？"狐尾鱼问。

"谁？"

"装傻。"

小粟挠着脑袋，吭哧了半天，欲言又止。

"她今天跑过来哭啦，我都听见了。"狐尾鱼说。

"芸芸要继续留在这里的，我回来还会找她的。"

"能多见一次就多见一次啦，还要我多说吗？"

小粟想到了妈妈。他会意地点点头，疯了似的往芸芸家跑。可是灯已经熄了，他在窗户根底下徘徊了很久很久，还是回去了。

上了轮渡，下了火车，是另一片天地。小粟寄居在北方的城市里，读书、打工，一晃就是七年。

姑妈给家里安了电话，小粟能偶尔跟奶奶联络一次。至于芸芸，他试着打过一次电话，是他爸爸接的。

他慌忙地说了句"打错了"，就匆匆挂断了。

在异乡的日子精彩而惶恐，小粟一分钱掰成两半花，终于体会到了生存的艰辛。高中三年，他都没有攒够回家的路费。第四年，他没有继续学业，选择漂泊。

奶奶知道这个消息，雷霆万钧地大吼"你不要回来了"。

小粟照例"哦"了一声，在街头窝了一宿，喝到烂醉。

"你不上学，又能做什么？"小男孩儿不解地问。

小粟苦笑一声："去唱歌咯。"

"哇！"男孩儿坐了起来，洗耳恭听的姿态。

“那时我特别犟呢，一心想着混出个名气来，衣锦还乡。哦，我参加了一个比赛，奖金有两万块。我都想好了，拿了奖就回去，把奶奶的破房子从里到外都装修一遍。我跟我的乐队过了初试、复试，后来就站在了决赛的台上。人特别多，灯特别亮，我现在回想起来，心都怦怦跳。”

“得奖了？”

“没有。”小粟看着男孩儿，又跟他一同噘起嘴巴。

世上的事，哪能都尽如人意呢。

小粟参加比赛的曲目，就是那首重新填了词的《小鱼》。那年，已经没有人再使用录放机了。随身听被CD机替代，CD机又被MP3掘了墓。可是小粟依然随身装着那本磁带，在夜深人静时，拿着根铅笔塞进齿轮里转动。平滑的带子总是在第六十五圈现出褶皱，再转半圈，就是那个被透明胶粘住的断口。

内陆的城市没有海，只有脏兮兮的河流；没有袅袅如凝的炊烟，只有铺天盖地的雾霾；没有莽撞无忌的年少，只有跌跌撞撞的青春。

他想念奶奶，想念芸芸，想念那条神出鬼没的狐尾鱼。他有时候会想：自己应该是全世界唯一见过那条鱼的人吧？因为自己是全世界最无助的孩子。

3

手边的沙子变凉，海风的腥味渐浓。

天色晚了，再过一个钟头，就是末班轮渡了。

小粟似是忽然想起什么，把背包拽过来搁在膝盖上，从里面掏出木头盒子。

一圈圈的胶带被连牙带手地撕开。他抠开盒盖，是个崭新的小录放机。

在他去芸芸家听歌的那段时日，奶奶从没过问半句，因为她一直都知道。

小粟离岛后，奶奶应该一直在等他回家，好把这迟到的礼物，亲手交给他，就像当初的妈妈一样。

只可惜，妈妈没能等到小粟，奶奶也一样……

小粟翻来覆去地端详，泪珠子吧嗒吧嗒地落在上面。

手机电量耗尽，自动关机，音乐戛然而止。小粟从包里摸出磁带，封面已经满是油渍，字也褪了色。他把磁带放进录放机卡座，装上电池，按下播放键，指尖的弹簧触感依然熟悉。

带子已经脱了磁，音乐断断续续。小粟紧紧攥着录放机，抽泣着，抽泣着，纵声痛哭。

浮云擦着月亮，海水击打礁石，呼啸的风浪陪他一起呜咽。

等他擦干眼泪，发现那男孩儿正痴痴地望着海面。

"你看什么呢？"

"狐尾鱼。你又哭了，所以它应该会出现了吧？"

小粟呵呵一乐："不早了，你赶紧回家吧。"

"不，我等匹诺曹来找我。"

"匹诺曹……到底是谁呢？"

"是我姐啦。她说好每周末都回家的，可每次说话都不算数。她骗我一次，我就给她挂上个长鼻子，让她戴着去码头。"

"好吧，那我可要走了。"

"不行。"男孩儿拉住了他的袖口。

"那你要干吗？"

"我要看狐尾鱼，哥哥你再唱一遍吧。"

小粟装作不耐烦地叹口气，拍拍身上的沙土，站起身来。

"好吧。"

城市的夜没有星河

记忆的海影影绰绰

他远行漂泊　他起起落落

他是没人认识的来客

他远行漂泊　他起起落落

一幕幕往事如昨

他的故事跟谁说

有鱼儿吐着小泡沫

那孩子想哭了

他不知道蹉跎

不知道指缝流沙　时光难捉摸

岁月海边无垠的蓝色

有阳光吻着小云朵

那孩子长大了

他也想回家了

回家了你唱的歌　有人一起和

"匹诺曹！"男孩儿欢呼雀跃地叫道。

小粟跟着回头望去，一个长发的高个子女孩儿正向这儿走来。看到小粟，她赶紧摘下长长的纸筒假鼻子，尴尬地笑笑，牙齿被黝黑的肤色衬得雪白。

"芸芸？"小粟瞠目结舌。

那女孩儿也跟着愣住了，她端详着小粟，眉头忽而紧蹙忽而舒展，两只手抓着裙腰，不自在地乱蹭。

音乐一遍遍循环播放着，远处的灯火一盏盏点亮。

忽然，海面现出旋涡，朝岸边旋转着靠近。一条尾巴通红的小鱼腾空跃起，画出漂亮的弧线。眨眼间，它又钻进了旋涡中央，消失得无影无踪。

Chapter 8

记得那时遗憾，
只因不够勇敢

勇敢点儿，少拿"经验"当借口

1

学长要开公司，没经验。他请我和他舅舅吃饭，取经问道。

他舅舅吃饱喝足，撂下句特没技术的话："开吧！"

我和学长目瞪口呆。

"再过几年，其实也不晚。只怕到时候，你就不敢了。"他舅舅笑说。

"我想听您的经验之谈。"学长恳求。

"有，但对你可能不受用。"

这次对话给我印象很深。他是个特别的长辈，没顶着阅历的帽子拯救众生。

学长的公司开起来了，从赔本到回本到大赚，一波三折。他在某次年终总结大会上说："懦弱者依赖经验，勇敢者活成经验。"

这是个过于励志的案例，讲出来不足以服众。

但我们身边，从不乏被"经验之谈"束手束脚的人。他们信仰蹚过河的人，却不问自己的身高。

2

二十四岁，我第一次帮朋友主持婚礼。她说："来吧帅哥，提升我婚礼的颜值，我们一起冒险。"

我可没半点儿经验，况且她老公的爸爸是专业司仪。吃见面餐，老爷子就开始试探我，问我对流程有什么看法。

我说您等等，我拉肚子。

在厕所单间里，我给结过婚的哥们儿打电话，问他婚礼主持要干些啥。他说当时太兴奋，除了亲嘴儿全忘了。

面红耳赤回到饭桌，老爷子看穿我的底料，拍案授课。

"动情之处，一定要放《母亲》，这个人就是娘，这个人就是妈，煽哭全场。"

我瞟了眼朋友，她眉心紧皱。我心里有数，当晚跟新郎新娘制订全新的流程。

婚礼效果出乎意料的好，朋友感激涕零。

厕所巧遇老爷子，他揪着弄的袖口暴跳如雷："为什么不放《母亲》？"

我鞠躬致歉，暗自偷笑。

有时候，经验是老的，事态是新的。你盲目听信，畏畏缩缩地成了别人的傀儡，结果只能是为劣的复制品。

3

我见过许多故步自封的中年人，他们靠着经验的大树，把下属培养成自己的信徒，而非开拓者。身负光环更怕失败，所以退化成懦夫。

"想当年"三个字，不够催眠一辈子。因循守旧，江山难留。

我更见过许多勤奋好学的青年人，他们追随成功学和心灵鸡汤，寻找通向宝藏的现成地图。

成功是综合的元素，而不是某条特定的路。

有人炒股发财，你就整天寻牛市；有人一脱成名，你就整天光屁股。

"经验"，就这么成了懒惰者的借口。丧失独立的判断力，前赴后继参与低级博彩。想活成神话，却成了笑话。

4

不同的人做同一件事会有不同的结果，不同的人爱同一个人会有迥异的结局。即使是并肩走，也未必会爱上同一片风景。

有个家伙要去云南旅行，找我要路线。

我说："我也只去过一次啊。"他说："你没去过我找你干吗？"

其实那次去，我完全随性。哪个客栈顺眼就住哪家，睡得不舒服第二天再换。早餐不好吃没关系，还有两顿呢，总能撞到个对胃口的。因为未知，所以惊喜满满。

朋友按我精心策划的攻略吃饭住店，然后呢，抱怨这儿没浴缸、那儿菜太咸。

经验往往是个体的，不是普适的，很难共享。

并非所有经验都是无用，有人告诉你前方有悬崖，你还死命冲，那是傻缺。

但你可以探头看看，也许那儿已经修了一座桥呢？

有人说你腿粗，约会别穿裙子，男人不喜欢，你就直接把裤子都脱了，那是傻缺。

但你可以试试，万一你未来的老公，就喜欢肉乎乎的呢？

所以亲爱的，别太热爱经验，它妨碍了你的美丽与勇敢。

人生多有岔路，你要愿赌服输

我曾恶毒地说，所有拖延症和选择恐惧症都应该去死。尤其是后者，简直遗患无穷。

可怕的是，选择恐惧症不在少数。有次陪领导逛外贸店，他一手拎着一个背包，问我哪个好看。我立马预感到灾难来了，闭口不答，任他纠结到老板打瞌睡。最后，我说草绿色好。他说更喜欢土黄色。我说是，土黄色更好。他又说土黄色Logo太丑。

我们两手空空地走出店门。

还有个同事，总在铁板烧茄子和老干妈烧茄子之间犹豫。他甚至会比较餐盘的大小，来确定吃哪个更元悔。

何必呢？纠结的原因就在于两者不相上下，既然如此，选哪个都一样。不差钱的话，都拿下就是了。把有限的生命浪费在小题大做的取舍题目上，还耽误别人的时间，你说欠不欠扁？

就像学生时代答卷子，不知填A还是B的唯一症结是你不会做这道题，不知道是得分还是扣分。你想赌一把听天命，又不想认命。然而没用，你左思右想，还得在交卷前蒙一个出来。

即便是所向披靡的学霸，也难免会遇到头疼的选择题。

大三那年，有个生猛彪悍的大四师姐拉我聊天。她撩起裙子坐在马路牙子上，宽音大嗓地劝我考研，说这对于一个二等学校的毕业生来说，是唯一的出路。我不胜其烦，反驳了几句，分析实践能力、情商智商的重要性，证明学历并非自我实现的独木桥。她张着嘴巴听完，喃喃自语道："你说我是考还是不考呢？"

她问她的研究生朋友，他们说必须考，本科生遍地爬，不考研的话大学就白上。她问她已经就业的学长学姐，他们说没必要，工作那么难找，有好机会赶紧抓。于是她彻底晕掉了，晚上做梦都在求签投硬币。

对于阅历之外的境遇，我们没有经验，无从分辨，只会把自己弄乱。

只有在利害冲突十分明确之时，人才会凭天性给出判断。

我现在有个差事是即兴语言讲师，锻炼青少年的表达能力。不久前，我破天荒地做了个"人性试验"。

我把二十位学生关在密室里，邀请五名同学到台前落座。黑灯之后，播放诡异阴森的音乐，夹杂海浪咆哮的声音。

"你们在一艘船上，还有好几天才能停靠小岛。没粮食了，你们又没有捕鱼的能力，必须吃掉一个同伴。第一轮，请大家各自发言，陈述自己的不可或缺性，避免被杀的悲剧。"

他们入戏之后，都以最快速度陈述了各自的优势，比如体形瘦、肉不多，比如力气大、能助人，甚至是性别不同、可解决生理需求等。

第二轮，是要他们在背景板上写出想杀的那个人，回到座位后，暗示性地陈述杀人理由。

"我会选择吃掉他，因为他没用。"一个男孩儿开口后，全班哗然。

"我要杀的这个人，肯定会想杀死我，所以我必须先解决他。"女孩儿说完，大家面面相觑。

正在此时，一个男孩儿要急哭了，他说不知道该选谁，只想杀了自己。他请求终止游戏，但我并没有准许。

奇妙的反转发生了，第三轮投票，大部分人选择吃掉那个想自杀的男孩儿。他必须进行最后一轮的"保命自述"。

"如果你们要杀我，我就把船弄翻！"他忽然变了个人。

伙伴们恐慌极了，他们不约而同地换票，最后的"死者"，是另一个老实巴交的家伙。

音乐停止，灯光亮起，所有参与者都长舒口气。他们控诉：这样的自我催眠太恐怖，尽量不要再玩儿，也劝我不要祸害其他学生，负能量太强大。我听取了意见，又好一通劝慰。

"被杀"的那个孩子说："幸好一切只是假设，在特殊的环境里，遇到性命攸关的事，你可能就不是你了。人和人看似坚不可摧的友情，也许会露出狰狞面目。那时，再没有两全其美的选择，只剩你死我活。"

正如世上最变态的那个问题："我和你妈掉水里了你会救谁？"

没必要身临其境地设想，只需要敷衍女朋友就够了。我一哥们儿，他天生脑袋轴，在听到这个问话后，踩了刹车，一本正经地作答。

"救我妈，然后好好给你送葬。另外，我跟你相处没几天，你试图以这个恶俗的选择题，来让我在亲情和爱情中做选择，是极其幼稚的。"

十分钟后，他们分手了。

进退维谷的选择题最妙了，它能最直接地检视人心，戳穿所有自欺欺人的假象。但最好不要胡思乱想，肉做的小心脏承受不起。

相形之下，琐碎混沌的生活，还真是挺温和的。它把所有可能性摆给你，你在求全的贪婪欲望里各种为难，生怕一步错，步步错。

选三星还是选苹果，该分手还是该凑合，要户口还是要待遇，求安稳还是求发展，没完没了。

好友王某，离开北京回天津发展，在滨海苦耕细作，终于买了房子。他曾引以为傲地说，这是他最正确的选择。结果一场大爆炸，家没了，自己还成了伤员。

好友赵某，她在谈婚论嫁时选择分手，跟了另一个男人，结果受尽欺侮，狼狈分手。

好友李某，因为尝到上电视的甜头，不停参加选秀，结果名气没涨，倒落得一事无成。

我们都是平凡的某某，即使智商爆表，也不能卜算前路。别说早知道就走另一条道了，眼下虽是荆棘，没准儿别的路是深渊。

所以，没有标准答案，能衡量的只有心态。

无关生死的，都不算大事儿。只要活得爽就行了，至于选黄包还是绿包，吃铁板还是老干妈，任性些又何妨？

生命旅途少有绝路，多是岔路，你只有不停选择，勇敢地孤注一掷，愿赌服输。

他们都是假装过得很好

我曾纳闷儿，是不是只有我过得不好？为什么身边挤满"成功人士"？他们富有，他们逍遥，他们各自骄傲。

琳琳就是这样。她淡出我的视线后，朋友圈、微博晒的都是世界各地旅行照。我羞于回想跟她一起吃过盖饭的事，这会把我凸显得更加不堪。

上次碰面，已经是一年前。

"我被骗走十万块，这半年一直在催债。"她哀伤地说，"他总是说明天还，我已经等了无数个明天。我每天都定闹钟提醒自己要钱，不能让他的缓兵之计得逞！"

"你为什么要借钱给别人呢？"我问。

"我以为他有能力还啊！住别墅、开豪车，典型公子哥。他说借点儿钱应急，我就信了。后来才知道，他车是借的，房子是租的，连名片都是骗人的！"

"没事儿，你也不差这点儿钱。"我安慰道。

"不。别人不知道，其实我过得并不好。"

琳琳说了实话。她那些"说走就走的旅行"，其实是公司安排的出差。十万块，是她全部积蓄的一半。

她本以为遇上了单身贵公子，谁承想是同道沦落人。

我从小受到的家庭教育是：千万别显摆你过得多好，一是招恨，二是招贼。现在世道变了，你必须表演人生赢家，把眼泪埋在被窝里。大家都害怕被看不起，害怕成为旁人茶余饭后的失败者案例。

为了面子，报喜不报忧，将谎言说到信以为真。

不由得想到贾某，他为了跟我们继续合作，奉献了影帝级演技。

"我们的公司前景大好，新的剧本项目，得到了许多业内人士的认可。"

贾某每次出差回来都会召开大会，鼓舞士气，展望光明前景，可始终没拉来任何投资。

一个负责跟班的同事吐槽："听他胡说八道，哪次不是吃闭门羹，被人埋汰个底朝天。"

为了团队凝聚力，贾某也是用心良苦。咳，他也怪不容易的，百折不挠，精神可嘉。

有一天，那同事在出差期间打电话哭诉，说他跟贾某闹掰了。

贾某为了顺利开展项目，要他拿房产证作抵押。

"我们的项目一定会成功的，到时候让你当副总。"

"别的可以，房产证不行。"

"你是对我们的团队没信心吗？"贾某戏剧性地画了一张饼，"这是我们共同的事业，你会分一块大的，名利双收。"

同事没答应，说别逼他，否则不干。贾某撕掉那张饼，说你滚。

同事断然不会骗我，他的人品我再信任不过。贾某一个人返程，照例召开大会，痛斥那同事的"罪不可赦"。

"他怀疑我们的能力，留下来也是个搅屎棍。他还说，你们不配参与分红。"

众人义愤填膺，我缄默不语。

几个月后，贾某终于拿到第一笔钱。这不过是万里长征第一步，他却觉得成功在望，摇头晃脑哼小曲儿。

陪他出差的新同事，不久言也辞职了。

据说贾某脾气越来越大，吃个午饭还挑三拣四。新同事被搞得头大，干脆直接让贾某点餐。

"你以后可是要负责外联招待的，难道你要让贵宾亲自点餐吗？"

"贾总，咱俩不过是来吃顿填饱肚子的午饭，这驴肉火烧店就一页菜单，您何苦上纲上线？"

他被炒了。贾某不许别人奚落他的美梦。

第三个走人的，是我。因为贾某在项目开展前总是跟我借钱，不但不还，还要我保密。

我离开贾某的团队已经很久，前两天遇到个共同的熟人，问及他的下落，那人没好气地说："还在谈项目呗！"

"新项目？"我问。

"还是那个项目。"

我从屏蔽名单里调出贾某的朋友圈。他依旧神气活现，对中国影视产业指点江山。

不想真正地解决问题，而是粉饰真相，自欺欺人。他貌似很坚强，其实是玻璃心。不甘平庸，又无法强大，把自己修炼成一个妄想症患者，于吹嘘中苟活。

我录过一个访谈节目，目睹某位老艺术家现场发飙。

主持人问："您的儿子非常成功。许多父母想让孩子出人头地，您的经验可否分享一下？"

老艺术家摇头："这是什么问题？出人头地就是成功了？这四个字误导了多少人，让他们急功近利、不择手段。对不起，我不回答，我从不信奉什么出人头地，也没这么教育过我儿子，他只是在做他喜欢的事！"

我当时还嘀咕，多大点儿事啊，至于发火吗？现在却理解了。

有多少人，因为不甘平庸，选择心术不正。投奔旁门左道，只为虚荣浮华。

现实是冰冷的，畅销的成功学，只属于信口开河的作家。无数失意的平凡者，在愤愤不平中，将自己逼疯。

《我是路人甲》里，那个背不下台词被解雇的特约演员，披着床单流落街头，演绎着永远失去的戏份儿。即使他倒背如流，也不再有华丽的行头。他不可怜，他可悲。

我们殊途同归，套上沉厚的戏服，靠言不由衷的台词获得满足。个中酸楚，自己清楚。

记得我的同学大辉，在五环外买了个小房子，跟妻子清苦度日。他下班回来，都要换上金灿灿的丝绒睡衣，在卧室转悠几圈。床头的蓝牙音箱，万年不变地播放奥斯卡经典电影主题曲。

"你还没说完呢，老板为什么骂你啊？"他妻子喋喋不休地追问。

大辉装没听见，微微叹息一声。他给我倒了杯茶，我觉得他的扮相更适合喝咖啡。

"嘿，吃消夜吗？"他优雅地递给我一块三明治。我拒绝了，我怕就着茶水难下咽。

他妻子啧啧地摇头："你把三明治吃出了煎饼果子的气质。"

大辉愠怒地看向她，她不说话了。

不拆穿，是一种慈悲。然而，谁又能骗自己一辈子？做梦是天赋的权利，可你总会在某天醒来。意淫会上瘾，它将吞噬你的骨气，浑浊你的双眼。

一击即破的尊严，漏洞百出的谎言，费尽心机的打扮，改变不了憔悴的素颜。

承认自己过得糟糕，又能怎样。

在我最困苦的时候，曾抓着湿疹自勉："总有一天，我会离开这个臭烘烘的地下室，住进一个有莲蓬头的大房子。"

可以快乐到自甘堕落，可以拼命到不眠不休。在攀比中取胜，在浮躁里求存，那不是成功。

沉迷空想，不如接纳当下，踏踏实实地往前迈步。

"我没有生来勇敢，天赋过人，面对人山人海只剩一些诚恳。"多好的歌词。

怀抱真实，才配得上更好的梦境。

Chapter 9

走在红毯那一天，是否得偿所愿

扫一扫，听有声版
《婚头在纸上，爱写在心里》

婚姻在纸上，爱写在心里

1

我们几个老朋友好久没见了，约在火锅店叙旧。

任先生和莫小姐姗姗来迟，他们结婚六年，现在二十九岁，还年轻着。

样子没什么变化。任先生留着大胡子，莫小姐顶着大脑门儿，他俩都穿着没膝盖的黑长袍，肃杀冷峻，像是来犯罪的。

"我俩上个月差点儿离婚。"莫小姐说。

她是小说作者，生活也跟故事一样折腾。

大家停下筷子，准备劝解宽慰。莫小姐瞅瞅我们，扑哧笑了。

"相爱的人不需要结婚证，我们就想玩儿个行为艺术而已。"

这恩爱秀得，我们险些吐血。

莫小姐的文艺是骨子里的。她过去的人生是一部香艳浪荡史，去西安烤过串去西单卖过鞋，前任遍布中华大地。如果不是遇见任先生，她有可能裸奔到南亚卖淫。

"小莫，你到底有过多少男友呢？"我问。

"好几十个。"回答的是任先生，他胳膊肘碰了下莫小姐，"给他们讲讲你2005年那段儿？"

"闭嘴。"莫小姐阻止他，"太黄。"

这无疑是反常规的夫妻关系。酒至酣时，他俩跟我们分享各自的性爱逸事，偶尔互相补充，捧哏斗哏默契分明，像说相声。

任先生和莫小姐的确不需要结婚证，红皮白瓤黑字，太俗。他们大概永远不会分开，脱缰又肯并肩的野马，哪里去寻。

任先生为莫小姐写过一篇散文诗，大意是这样的：

我听了一首《老神仙》，我听了一首《轮回间》；你还是一粒小尘埃，你还是一个小女孩儿。你依旧孤傲地站在画面中间，可是，我的姐姐，我们沾染了太多柴米油盐。

2

Q先生和E先生是一对司志恋人。

E先生的母亲早逝，父亲在南方跟大儿子生活，没婚姻压力。

Q先生的日子就没那么好过了。父母和表妹每年来看他两次，软磨硬泡地催婚。

"你都三十五了，北京房子贵，咱就在老家找一个结了吧。"

Q先生一声不吭地听他妈妈唠叨，只有在表妹插话时，会示威地咳嗽两声。

表妹的确讨厌，她敏锐地发现了卧室的蹊跷，刑侦天赋堪比福尔摩斯。她跟老两口儿分析："里屋的床单被褥一直没见换啊，哪次来都是新的。他跟那个E先生，不会是睡一张床，再布置出另一间来唬你们吧？"

逼供之下，Q先生招了。父母哭天抢地，把E先生推出门去。

"你们赶走他干吗，这是人家的房子！"Q先生恼怒。

无法招架不孝之名，Q先生还是去相亲了。E先生得了抑郁症，一天比一天瘦。等Q先生回来，他已经像只鬼了。

相亲没成功，表妹那儿又闹离婚，全家鸡犬不宁。

　　"家家有本难念的经啊。"E先生说，"咱俩这家也十多年了，我早当跟你结婚了。"

　　Q先生泪流满面，他从没听他说过情话。

　　几天后，E先生过三十九岁生日。Q先生送他一份礼物。

　　是两张手写的结婚契约。

　　"曾经我还小，随时想跑。现在我多开心看着你越来越老。"

　　我上次见Q先生，他仍然在跟家人周旋。他笑着说："总会有办法的，一切会越来越好。"

3

　　我家有两个大木箱，红漆铜锁，是母亲的嫁妆，舅舅亲手做的。

　　里面藏的陈年宝贝，跟箱子一般沧桑。生产队大合影啊，我和我姐的满月照啊，厚厚一沓黑白记忆。

　　"你跟我爸的结婚照呢？"我好奇。

　　"没有。"母亲语气生硬。

　　我这才想起，不止结婚照，我连结婚证都没见过。

　　母亲恨父亲，我一直知道。

　　他们的婚姻前半段，是穷，一串糖葫芦分三天吃光，父亲只留一颗山楂给母亲。

　　他们的婚姻后半段，是苦，父亲血栓中风加骨折，母亲陪床伺候，洗脚水凉了烫了都要挨骂。

　　"等我死了，换个地方埋。"这是母亲的原话。

　　一次偶然，我"找"到了父母的结婚照。老相册第一页是母亲的照片，头向左，最后一页是父亲的照片，头向右。两张照片各有一侧边缘是裁剪过的，拼上一看，是张完整的合影。

我紧张得直吞口水，在母亲进屋前，把照片塞回原处。

是多刻骨的悔意，让她拿起剪刀。

1978 年到 2015 年，三十二载。他们从养鸡改养猪，从养猪改种地，一起看着我跟我姐毕业成人。这情分已然太深，纵使再恨，在阴阳相隔后，也应该消掉了。

我没见母亲因丧夫落下半滴泪，但她时常会盯着空床发呆。

她平静地说："过几年，埋一起吧。"

漫长岁月，才是契约的本质。彼此陪伴，是无法杜撰的事实。

母亲打开箱子，从包裹底下掏出个红布包。

没有爱错的人，只是你不甘心

1

我曾羡慕所有跟初恋结婚的人，这概率可以跟中五百万媲美。在大多数故事里，情路该比蜀道难才对，不是吗？

一开始，你辗转难眠："我从来没有这样心动过。"然后，你百般推敲："究竟谁爱谁多一些呢？"再后来，你咬牙切齿："难道是我看错了？"最后，你幡然醒悟："也许对的人，依然是下一个。"

爱到血气上涌，恨到悔不当初。当前任可以凑一支足球队，犯规的哨子给月老吹烂，你终于成了情感游戏里金刚不坏的守门员。

总有小孩子问我："失恋了很受伤，吃不下、睡不着，咋办？"我说："等下一个好咯。"他们都会摇头，说："忘不掉啊，分分钟百爪挠心。"

"那好，你发个微博，把想说的都说出来，定时在以后某一天发。"我支的招都是亲身试验过的。

一个孩子照办了。某夜他正跟朋友饮酒作乐，刷出了自己那条死去活来的独白。他觉得矫情死了，趁没几个人发现赶紧删掉微博。

我们总是在错估自己，以为念念不忘很容易，随着时间变换面目而不自知。

2

相处的意义，只有离别以后才能盖棺定论。这跟历史一样，当局者迷。

分手的 N 年后，你把某个前任埋进记忆坟墓，立了座碑，上面刻着"渣男"或"贱婊"。提起相爱初始，基本用"眼瞎"两字概括。

我跟秦同学经常一起吃夜宵，每次都是我点菜。她天秤座，典型选择恐惧症。

刚吃半串豆腐卷，她怪叫了声，说前任发微信来了，脸色忽阴忽晴。

"你想复合？"

"当然不，我恨他！我只是想让他还钱！"

秦同学当初极其重视这分初恋，用四分之三的积蓄给那男人买了苹果笔记本电脑，又把剩下的四分之一积蓄借给他交房租。那男人照单全收，感激涕零，然后搂着别的妹子跑了。

她把这当作人生污点，不翻案无法抬头走路。可当初却没有犹豫过，认定他是不二人选。

"是你心甘情愿的，何必恨他呢？"

"我恨的是自己，这段恋爱羞辱了我的智商，要知道，我可一向是深思熟虑的人呢。"

耿耿于怀的事，多因为结局不如预期。感情没了，理智来了，吃的亏都如数家珍，曾经甘愿犯贱，现在想把自尊心赎回来，晚了。

热恋中的人都被施了障眼法，压藏心里的受虐欲望被激活。

"你要我怎样？我改。""我喜欢你是我的事，你可以不用管。"这些把自己都感动到哭的废话，有朝一日会让你想撕烂自己的嘴。

3

　　小可知道，他们注定会不欢而散。所以，她提早放弃了他，在反目成仇之前。要知道，这决定不好做。许多人谈恋爱用两年，分手却用三年，不是出于旧情难舍难分，而是在于计较得失，害怕败得片甲不留。但凡有些转圜余地，占了上风，就没勇气撂挑子了。

　　人都是贪婪的，回了本儿希望赚更多。在爱里也一样，谁也不愿自己的背影更狼狈。

　　小可不一样。她是个很会趋利避害的文艺女青年，却也曾头脑一热当了把小三儿。

　　"到底为什么会爱上一个人呢？"她拖着慢悠悠的南方腔，声音埋在印花丝巾里。忽而，她笃定地自答道："应该是酒窝。"

　　她沉迷的男人有一对大括号似的酒窝，微笑和发怒时都会变深。他们在认识一个月后，情不自禁地相爱。悲剧的是，那男人有未婚妻，同居了两年，养的狗也两岁了。小可用全部的理智判断分析，如果那男人和未婚妻分了投向自己怀抱，那证明他不专情、没责任感；如果立刻一拍两散，彼此又做不到。

　　于是她跟男人严肃地谈判：做三天恋人。

　　他俩惜时如金，去南锣鼓巷买陶笛，去后海划船听弹唱，去太古里喝酒吃Pizza，疯狂而伤感地寻找浪漫，连场电影都不敢看，害怕乌漆墨黑地白费两小时。第三天夜晚，他们上床了，之后背对背地哭。

　　第四天，小可跟他如约分手。她一个人跑去电影院，眼泪在3D眼镜后面泄了洪。

　　小可克制住了自己，然后用漫长的时间来接受遗憾，漫长到超乎预期。

错误的情感跟电影一样，若不见好就收，那就是彻头彻尾的荒诞剧。

"我的确不甘心，但我至少没有酿更大的祸。我们在彼此记忆里，应该是完好的。倘若再进一步，可能就是龃龉，就是相厌。"

4

年少时，我曾心心念念地盼着遇到个人，陪我去西藏。想象着我举起相机，她扬起一脸红血丝，站在白烈烈的阳光下。后来啊，我还真遇到那么个人，脱俗清透，爱单反爱旅行。后来我俩分了，性格差异太大，她受不了我的邋遢，我受不了她每十分钟涂一次防晒霜。

我讨厌安慰，除非真有人能安慰到点儿上。那个朋友说："唐僧西行的路上，还会遇到小雷音呢。你以为修成正果抱得真经，其实是变相的劫难罢了。在接近美好的路上，总会遇到假象，那是修行，不是错误。"

你爱上一个人，以为他能成全你的美梦，这期待本身就不科学。他只是他，不是你的梦。

一旦选择了，谁都是对的。爱，就是实验的过程，没有理所当然的结局。

不否定走过的路，也不辜负谈过的情。

写字之前，整理近几年的手机相册。我把它们导入电脑最大的硬盘分区，隔三岔五地看一看。

有张照片，是只纤细的竖起中指的手，旁边是一盘炒面。曾经的电话聊天又回响耳边。

"你要按时吃晚饭，而且不能骗我。"

"一会儿我把晚餐照片发你啊。"

"又拿以前拍的照片哄我？我规定个手势，你要带着手拍。"

几个月后，我那么恨她，恨她绝情。但现在，我已可以平心静气地回味所有桥段。

请尽情记得，或尽情忘掉，就是别说爱错，别有不甘。

完美婚礼，不靠浮夸演技

1

一个晦气的说法——婚礼比葬礼讨厌。

亲朋好友、领导同事都在，必须抓住这千载难逢的机会，疯狂晒幸福秀恩爱。家长也尽展"人生赢家"姿态，搂着儿女仿佛怀抱奥斯卡小金人。面子的事儿容不得马虎，必须未雨绸缪。

是啊，人们都享受被嫉妒的时刻。

"我要办一场空前绝后的婚礼，让闺蜜们只能模仿，无法超越！"

"我爸是领导，讲排场。所以我在婚礼开始安排了红歌大合唱。"

"换装敬酒那会儿不能冷场，我们要安排互动抽奖环节，奖品要求一个字——豪！"

为达到独一无二的效果，当事人跟策划公司把脑洞开成了坑。听朋友说，他目睹过最离奇的婚礼开场，是小两口儿盘腿坐在大金鼎上，里面有干冰。俩人强忍咳嗽做冥想状，在神叨叨的音乐结束后才睁开眼睛。

他们无形中揭穿了婚礼的真相——活脱脱的惊悚片啊！

鲜有爱情电影以婚礼结束。美国老电影《出水芙蓉》，让男主在婚礼上倒大霉；《那些年我们一起追过的女孩》《同桌的你》，都以婚礼来埋葬初恋；还有个灾难片叫《世界末日》，直接让新娘跟别人睡了。几年前做电视剧本，组长要我负责第八集的婚礼戏份儿，完成柏拉图爱情的终极毁灭，好让男主在第十二集另觅新欢。我说，这简单。

毕竟我总给同学啊朋友啊做司仪，目睹的车祸现场能写部长篇。

先讲个引子，主人公是我朋友的兄弟。他在婚礼前一周跟我见面，酒过三巡才打开话匣子。

"哥们儿，实话实说，我害怕呀！"他一拍桌子，"婚礼不能有闪失，我本来就没媳妇家有钱，这次更不能给人看低了！"

我笑了，说："你放心，哪那么容易有闪失。"

"谁说没有！"他一副要死的样子，"知道啥叫晴天霹雳吗？我参加过一场婚礼，天气不错。刚宣布礼成，花门给雷劈了！还有，听说过现场换新娘的吗？我知道这么一位，婚礼当天接了别的女的，把原来的新娘和他们家人都请走了，这事儿后来还上报纸了哪！"

我抚慰他："不要把别人的负面经验变成你的心理阴影。"

不测还是发生了。婚礼彩排现场，他对着背景板痛哭流涕。

"怎么会这样？"

原定的背景板照片，是他们去三亚拍的婚纱照。竖幅照片宽度不够，执行公司自作主张地把他俩抠出来，移植在横幅的海滩风光照上。PS技术太恶劣，画风从唯美范儿沦陷成乡村系。

他气急败坏，揪着执行人员的脖领子，让他们赶紧想办法。之后，又转头看向我，眼神信息：你看吧，是祸躲不过。

他转过身，失神地离开场地，然后，腿磕在铁架子上，四爪朝天。

第二天，他西装笔挺，一瘸一拐地搀着新娘踏上红毯。观众们憋着笑，交头接耳。

婚礼的压力之重，非旁观者能懂。好多年轻人说，要不是冲着父母，早就旅行结婚了，有那钱干吗烧在饭桌上？之后，便是身不由己。

再者，那么多女孩儿一辈子梦想穿次婚纱，你还能让人家死不瞑目啊？

2

Elsa，我同学的同事，是个名门闺秀。她从婚礼前一百天开始做倒计时。

例如，还有八十五天了，我成功减掉了三斤，饿得想啃筷子；还有六十天了，决定换套婚纱，原来那件看久了审美疲劳；还有四十八天了，紧张又焦虑，梦见婚礼办不成了，醒来吓哭了；还有十天了，谁能告诉我还要准备些什么……

她终于熬到了当天。

婚礼流程共有二十二个环节，为保证正午十二点前宣布礼成，十点二十八分就要开始。她家庭势力大，宾客们给脸，都准时到了，可新娘却迟迟没出现。

"再等等，新娘不满意头发，在重新做。"督导跑过来叮嘱。

又过了一刻钟，督导气喘吁吁地跑过来，说新娘还在改头发，捎来了一段语音。她打开手机录音软件，播放给我听。

"司仪您好，我是Elsa。一会儿正式开场，请您站在我们身边两米远的位置，以方便拍照，感谢您的理解，辛苦了。"

简直无语。我看看表，快十一点了。雍容华贵的家长们已经没有耐心表演优雅，一个个如坐针毡。可怜的督导使劲儿安抚他们，音响师的曲库都放完了一轮。

新娘总算出现了，婚礼至十一点零八分开始。时间紧张，被迫砍掉了八个流程，一切加快进行。

越怕出错越会出错。给香槟塔倒酒的时候，她手一抖，酒瓶子碰了顶上的杯子，多米诺骨牌般地碎了一地玻璃碴儿。我紧急来了句，爱情的力量可以"摧毁"一切。

不，是婚礼的力量可以摧毁大脑。

Elsa 在婚礼结束后，更新了网络日志。

"瑕不掩瑜，这是我梦中的婚礼。也许从出生就一直在等，等了二十五年。今天，它完美地烙印在我的生命里。"

她不是我见过的最夸张的女人。

你能想象，女导演结婚是什么状态吗？

黄兰，我们叫她黄导。全然没有嫁为人妻的欣喜，头天晚上彩排一直在大呼小叫。

"灯光不给力！舞台缺摆件！伴郎伴娘站位不对！音控台不要硬切，有个渐变过渡！"

她举着流程表指点江山的样子，跟工作状态无异。新郎耷拉着脑袋在一边嗑瓜子，咔咔咔，咔咔咔。

"你，别嗑了！再嗑换人！"

新郎一紧张，把瓜子皮吞了下去。

婚礼开始了，我把话筒递给黄导。

"跟朋友们打个招呼吧！"

她忽然扭过头，臭着一张脸嘟囔："都说了，要渐变，别硬切，音控台没长脑子吗？"

新郎在旁边不停擦汗，我友善地递给他一块纸巾。

礼成之后，黄导举着酒杯到我们桌上，说："今天工作基本圆满，辛苦大家。"

完美主义的女孩儿是可怕的，她们有的纯属折磨别人，有的只是折磨自己，不小心殃及无辜。

小敏是播音系女生，她毕业后没从事本行，基本功自然有退步。婚礼有好多同学来，她怕被嘲笑，临上阵还在做口腔运动。

"八百标兵奔北坡，炮兵并排北边跑；打南边来了个喇嘛，手里提拉着五斤鳎目……"

最感人的表白环节来了。新郎单膝跪地，举起手捧花，含情脉脉地说："嫁给我吧，好吗？"

如果小敏含泪哽咽着回应，我想大家都会哭。但她没有。

只见小敏抬起下巴，脸颊飞扬，拿腔拿调地开了口，气息充沛、掷地有声。

"你的每句话，我都记在了心里，请起来吧，我嫁给你……"

你能想象董卿主持春晚的那个状态吗？就是她。

后来，小敏追着新郎屁股后面问："我表现得怎么样呀，老公？"

"相当扫兴。"

3

看到这儿，也许你会感叹：太奇葩了！

我幼稚地以为，上述的灾难指数可以封顶了，直到主持了小芸的婚礼。

小芸的变态是集大成的，她身体力行地解释了"天怒人怨"四个字。

在民政局登记，工作人员给证书扣上了戳。

"这么快？声音这么小？跟电视剧里演的不一样呀！"她不甘心地走出门，把结婚证扣在胸口，"老公，我们要有一场完美的婚礼，比电视剧还完美。"

她煞费苦心地从朋友中选拔了个头最矮、相貌最残的，做伴郎伴娘。之后，又拉着新郎试了千百套礼服，定了最漂亮的妆。小芸周密部署好每个细节，只待良辰吉日。

接亲路上，新郎车胎爆了，怕小芸着急，电话里谎称是出发晚了。车队颠颠簸簸开进村，大家风风火火去迎亲，看到的是小芸的冷脸。

"快录像吧，一会儿来不及了。"她对摄像师说。

开录一刹那，小芸脸色多云转晴。她用台湾腔娇娇嗲嗲地说："好幸福哦，今天我特别开心呢。我脾气不好，以后一定改。为了表明决心，我要送你个礼物。"说到这儿，她对伴娘甩甩手，继续道，"对，我要送你个礼物……"

伴娘不解其意，在旁边手足无措。小芸让摄像师暂停，扭头用方言咆哮："你傻啊！不是告诉你礼物搁口袋里了吗！"

摄像师再开机，小芸突变和风细雨："喏，就是这个公仔，跟你一样可爱。当然，你送我的礼物才是最珍贵的。这枚全球限量的钻戒，可是全球限量的哟！"她把手指头杵向镜头，摄像师吓得虎躯一震。

"老公，谢谢你，全球限量版，好贵的吧？"

我暗自嗤笑："多少钱你不知道吗？"

新郎扶小芸下床。她挣开他，理也不理。

"我们接下来要拍的镜头是，含泪跟父母告别。"她发号施令。

一把鼻涕一把泪，小芸抱着妈妈哭得伤心。大家正感动着，她忽然停住抽泣，扭头对镜头说："停！这条过！上路！"

车队返回城里，我们才知道小芸生气的根由——头车不是奥迪。听说她全程闭目养神，没跟新郎说半句话。

准时抵达草坪，偏巧天降大雨。小芸的坏脾气飙至巅峰。她受不了那些聒噪的乡下亲戚们，提拉着裙子维持秩序。乌云悬在她头顶半天不散，婚礼只能湿漉漉地开始。

"好幸福哦，雨中的婚礼最完美了。"小芸对镜头笑吟吟地说。

终于礼成。小芸换身旗袍录了段结婚感言，就回家休息了。新郎一个人留下，跟伴郎一起敬酒。

朋友们摇头感叹，今天的小芸不是朋友，不是新娘，只是个拙劣的演员。她太想做一个完美的梦，却分分钟破坏了现实。

多想问一句：小芸，你爱的到底是你男人，还是个破婚礼？

4

并非每场婚礼都是灾难。我在农村有个干妹妹，因为笑起来脸鼓鼓的，我们叫她"小蛤蟆"。

小蛤蟆是典型乡下丫头，蓬头垢面不爱打扮，最大的兴趣是干活儿。有次大家逛玩具店捏橡皮泥玩儿，别人捏的都是小动物，她直接擀皮儿包了个饺子。

但小蛤蟆还是有粉红少女心的，她宁可饿半个月，也要去看一场羽泉的演唱会。她如愿以偿了，却险些被安检人员抓走——书包里装了把菜刀，是带给北京亲戚的。

小蛤蟆大学毕业就跟初恋分手了。她哭着说："本以为会跟他结婚呢，哪怕找个操场交换个戒指都行啊！"

调整一年，她再度扬帆，找到了同舟共济的伴侣。男孩儿很老实，喜欢洗菜、切菜，最大的爱好是照顾小蛤蟆。两人决定结婚。

"哥，流程你来定吧！你有经验。"小蛤蟆很信赖我。

我问："你要穿婚纱吗？"

她说："当然，还没穿过呢！"

我问："婚礼在哪儿举行？"

她说："就在老公家大院里。"

我问："必须有的环节是啥？"

她说："磕头！"

我脑补着她穿婚纱给爹娘磕头的画面，说："这不行，过于中西合璧了。"

小蛤蟆眼一瞪："规矩是死的，人是活的，磕！"

纯粹的乡村婚礼很有意思，路上会有孩子劫婚车，刀枪棍棒明目张胆。为了躲开他们，大家凌晨三点起床出发，睡眼惺忪赶到新娘家。小蛤蟆像一枚安放在炕上的白馒头，正打哈欠呢。

"你开心吗，小蛤蟆？"

"没感觉啊，我乏困。"

她抱怨，婚纱不舒服，站不得坐不得，还说，穿这么粗，老公抱得起来嘛！

"抱得起来。"鞭炮噼里啪啦，男孩儿从大铁门冲进来，龇牙咧嘴地把她撂到地上，自个儿也差点儿摔倒。

婚礼开始。音响师、道具师都是自己人，放眼望去就是个家庭大联欢。

"我俩总算在一块儿了，以后我要陪她一起看羽泉演唱会。"男孩儿哽咽着说，"还有……我俩不会说话，真心谢谢大家伙儿，也要谢谢爹娘。"

牵手走到台下，嘭嘭嘭三个响头，再起身已是涕泗横流。家长们跟跟跄跄地跟儿女拥作一团，还狼狈地踩碎俩气球。

小蛤蟆的婚纱裙上沾了泥水，脸上的妆也花了，像刚从沟里捞出来似的。她老公用厚厚的大手帮她抹泪，整条假睫毛都给搓了下来。

乡亲们哭了，流水席大厨也悄悄抹泪。小蛤蟆回屋换衣服，挽着老公胳膊在大树下喊："都吃好喝好哇，管够！"

她大学同学惊叹道："好家伙，真是简单粗暴的婚礼……不过我喜欢。"

是啊，爱得够坚定够干净，所谓仪式，都只是陪衬而已。

5

不求完美的婚礼，才有可能是完美的。

小张想给老公一个惊喜，偷偷练了好久的大提琴。临上场发现琴被谁踩了一脚，拉出来跟驴叫一样。她坚持着上场，霸气地说："琴坏了，但我必须拉。这不是我的水平，回家修好了再给我老公表演一遍。"

可怕的噪音响起来，难听得抓心挠肝。小张老公悄悄跟我说，他早知道练琴的事儿，只是一直不吭声。演奏完毕，他一副听到天籁的痴汉样，拥抱了小张。

小李是个宠物医生，他和妻子因为给狗狗治病走到了一起。他们把婚戒挂在两条小狗的脖子上，完成交换信物的环节。妻子的狗临阵脱逃，小李满场大追捕，可算抱了回来。来宾们哄笑一片，小李借题发挥地对新娘说："你看，是我的，怎么都跑不了。"

小赵是个浪漫的作者，八年前给老婆写过一首情诗。婚礼当场，他被大家刁难，要求当场背诵一遍，不料刚两句就卡住了。

"太久了都忘了，我又没有七步成诗的才华，只好现场再作一首短的。只有六个字，我会好好对你。"

现场掌声如雷鸣。

婚礼，既要有约会般的隆重，也要有相处时的轻松。

别只图面子，忘了里子。最感人的戏份儿，不是极尽绚烂的演出，而是相爱之人的真情流露。

相守太艰难，相爱要趁早

有个杂志采访我。编辑听说我的姐姐至今未婚，绝大多数时间放在照顾老人上，感动得不行。在未经允许的情况下，她写了篇《弟弟为姐姐征婚，谁来弥补她的青春》，直接发布了。友人拍照片给我看，我瞬间石化。

从报刊亭买了一本，满纸狗血。什么跪地恸哭、形影相吊、叫天不应叫地不灵，措辞惨烈到无以复加。姐姐电话里控诉，说她单位同事正在传阅，葛大婶马大妈排队给她说亲。

写文的编辑是位女性，我不怪她。或许在女人眼里，最苦莫过单身。

我姐没觉得苦，她是一个人过惯了。我无法时时在家，父母看病、新房装修都由她来操持。记得刚搬家那会儿，她扛着百来斤的大米健步如飞，又用废木料打了个储物柜，比老爷们儿还能干。

"我什么都能靠自己，干吗要用后半生伺候个祖宗？"

我们那地方，男人都懒惰，馋酒爱唠叨，满大街都是给媳妇惯坏的大叔大爷。我姐可不想给丈夫当妈，一个人嗑瓜子看电视、绣鲤鱼养乌龟，怡然自得，没人惊扰，多好。她说，只要想到床上多个人，就浑身鸡皮疙瘩。

你姐是拉拉吧？你姐是被家事耽误的吧？你姐心理变态吧？

各种猜测纷至沓来。

呸。她也曾五迷三道地爱过，只是没有好运气。不止婚姻，我们做任何事，终极目的都是对抗孤独。当你爱上孤独，陪伴者就变成了侵略者。

婚姻对有些人来说是奢侈品，对有些人来说是工艺品，对有些人来说，成了废品。

　　近年来，许多人要我"挽救"我姐。只能说，有我在，必不会让她过得不好。但感情这事儿，她绝对不会勉强自个儿。人啊，终究是越老越固执，活出自己的道理，便很难撼动了。

　　我常对我的学生说，年轻时最重要的事，绝对不是赚外快，而是知道你是什么样的人，谈一场全力以赴的恋爱。趁着血气方刚，狠狠赌一把。

　　正如苏哥爱上了哈妹。

　　两人初见，是在苏哥的大学。那会儿苏哥是校报主编，去社团招聘会挖人。他一眼看到人群中的哈妹，裹着花色头巾，抱着个黑皮儿笔记本四处张望。他见她半天不往这边走，干脆屁颠屁颠追过去了。

　　"报社团吗，小师妹？"苏哥没等哈妹回答，就开始口沫横飞，"大学跟高中不一样，你的灵魂飞出牢笼，自由自在。栖息在哪片云朵上呢，你有没有想好？"

　　哈妹张大嘴巴，目不转睛地盯着苏哥。高浓度心灵鸡汤，满是才子的味道。

　　"你等等！"哈妹翻开笔记本，"刚才那句话，您再说一遍，我记下来。"

　　苏哥没能如愿地将哈妹招致麾下。因为聊到收摊才知道哈妹不是本校的，是外校来观光的。

　　哈妹需要好榜样，苏哥需要被仰望。他们互留电话，周末见面，谈文学谈人生，再到谈恋爱。

　　苏哥毕业，混得不好。也不再满口鸡汤，而是满腹牢骚。从高峰到低谷，始终相陪的只有哈妹。

　　"哈妹，等你毕业，我们结婚吧。"

　　哈妹是少数民族，禁忌多。苏哥想跟她结合，必须接受宗教洗礼。他答应了。

　　苏家内部掀起不小的风波——以后是不是这不行、那不行了？孩子，找个普通媳妇不是挺好吗？

苏哥毅然入教，洗礼沐浴。

婚礼很特别，一半背头、卷发，一半头巾、圆帽。哈妹的爸爸在台上站了半个钟头，普及信仰。两家亲属互相交流不多，都害怕文化背景不同而失礼冒犯。苏哥的兄弟们议论说，这应该是真爱，估计分不开。

苏哥和哈妹用了很长时间，才让两家人彻底接受彼此。

他们合伙创业，过得风雨飘摇。每当苏哥旁征博引地说大话，哈妹就去涮拖布。

"光说有什么用，咱又不上脱口秀。"哈妹冷嘲。

苏哥很失落，哈妹不再崇拜他。很久以后，他们捞了第一桶金，在屋里哭着数钱。

终于可以生孩子了。哈妹产下个大胖小子，我跟朋友们去探访，抱着宝宝合影。

一周后，宝宝因先天疾病，死在了医院。

自那以后，苏哥和哈妹都似换了个人。苏哥随驴友骑行，哈妹躺床上发呆。生活艰涩，他们怀念曾经的意气风发、不谙世事，可再也回不去了。

苏哥还没骑出华北就返回来了。他跟哈妹像一对哑巴舍友，默默为伴，不作声。又过了很久很久，才渐渐回暖。

苏哥买了车方便谈业务，哈妹工作之余去做公益，缝制布偶挂网上义卖，捐助贫困山区。

曾经相视欢颜，事过境迁，平平淡淡入中年。

以前我去找他们，听到的都是阿哥阿妹情意长。现在呢，只有简短的一句"多吃点儿"。

上次见哈妹，她正在客厅里铺个席子练瑜伽，厨房堆满保养品。也许很快，她会再有一个孩子。

讲苏哥和哈妹的故事，是因为我见证了他们这十年，稚嫩成熟，恋爱婚姻。没太多戏剧化的桥段，只有触手可及的真实。

绵长的爱情故事，未必是起起落落、分分合合。合适的人，陪你一起冒险、共枕安眠。

相守太艰难，相爱要趁早。

两盘炒熟的菜拌一块儿，味道不堪设想；两种生鲜食材一起入锅，没准成了佳肴。倘若你对爱情有热望，就跟他早早牵手、休戚与共。人总会越活越疲惫，不妨找个人陪你累。

在哈妹和我姐姐中间，有个迷茫的小茵。

小茵三十出头，从恨嫁到惧嫁。

"如果他不喜欢我的狗，我肯定跟狗私奔。"

"昨天相亲的那个男的，总上夜班。我作息这么规律，受不了。"

"他各方面都合适，就是那满脸疙瘩呀，要我怎么下嘴！"

"我也想为了爱情义无反顾，可我的真爱只在韩剧里啊！"

小茵控制不住地挑剔，她不甘凑合，又害怕孤独终老。

用一秒燃起火花，再用一生完成默契，要看缘分，更需勇气。

或相偎相依，颠沛流离，或只爱自己，后会无期。

Chapter 10

此生若能牵手，
谁愿颠沛流离

相遇，是不可重来的风景

1

真正完美的职业状态究竟是怎样的？

如果长期被安放在格子间里，跟同事表演宫斗剧，太累；如果两耳不闻窗外事，做独来独往的个体户，太无聊。所以，我曾分外向往一个职业，那就是出租车司机。

每天都在路上，遇到喜欢的人就多聊两句，话不投机可以直接闭嘴，反正钱都是照付的。

老家的出租车行业风气不好，拒载、拼客，屡禁不止。司机们似乎并没有慧根来领悟工作乐趣，怎么挣钱怎么来，连基本的道德规矩都忘了。

"司机大哥，能不能就拉我一个，别再等了？我家人生病了！"我乞求。

"那你换车吧！"他摇手。

"给您双倍车费呢？"我差点儿给他下跪。

"快上来。"他招手。

这是常有的事。随着成长，我渐渐原谅了他们。毕竟不是每个人都有文艺细胞，整天诗情画意的，吃啥喝啥？

初来北京那年，司机给我绕了远路。抵达目的地后，朋友大骂我一通："你这车费，从燕郊过来都够了！"

我傻乎乎地说："哦，我还以为首都车费就这行情呢！"

痛定思痛，我苦心钻研北京话，闭门研究地图，发誓不再被坑。当然，首都的出租车行业要好很多，尤其是重要的人口集散地，秩序也是井井有条。

有个老司机抱怨说，这跟以前比可差远了。刚从业那会儿，他们都要戴着白手套，对乘客说敬语。现在呢，个顶个的嚣张，连好脸色都没有。

"服务行业就得有服务行业的态度！"他慷慨激昂。

他是第一个感动到我的师傅，喷出的白唾沫都闪出光环。他姓张。

对，我记得好多师傅的姓儿，因为带"某"字的故事，总显得太潦草马虎。

2

司机对你说：再见，慢走。这是纯粹的客套，再打开同一辆车门的概率无限接近零。

注定不会重逢的偶遇，会令相处更为放松。他们听着广播里的相声，笑得旁若无人；你也大可以塞着耳机听自己爱的歌。

"小伙子！"李师傅冲我摇摇手，我摘掉耳机，见他伸手从座位后拿了个十六开的厚本子，"等红灯的工夫，帮我写两句话吧！"

"写什么？"我以为是他们公司在征集手写好评，翻开一看，每页都有几行字，内容和笔迹千差万别。

"写你最想写的就成，我留个纪念。"

我看到扉页上的一行字——乘客们的纪念册。再抬眼瞅瞅李师傅，将近五十岁的光景，额角的皱纹夹着暗斑，不说话的时候就紧抿着嘴。他看上去再普通不过，好象就是邻家的大爷，在人堆儿里也仅仅是个大爷。

笔尖悬在纸上，竟然不知该写什么。他乐呵呵地说："你可以翻翻看，反正不是隐私。"

我一下找到字数最多的那页，每个字都很大，笔画都快飞出去了。

　　今天是11月25日，我儿子桐桐一周岁生日，可惜爸爸要去国外出差。

　　为了和你多待一会儿，爸爸出发晚了，耽误了师傅时间，觉得特不好意思。但师傅人很好，包容了我的迟到，要特别感谢他。

　　好人一生平安，也祝桐桐生日快乐！

　　那个父亲叫"郭涛"。我仿佛看到一个西装革履的年轻男人，坐在我现在的位置上，盯着手机里刚给儿子拍的照片傻笑。

　　李师傅说，乘客们都各怀心事，因为他们要去的地儿只有两种——想去的和不想去的。虽然穿的不一样，谈吐不一样，文化程度不一样，但心思都是共通的。他把这本子翻了好几遍，发现有几个词出现多次，比如"再见""平安"和"坚持"。

　　"你为什么要弄这么个本子？"我问。

　　"我快退休了，开出租开了半辈子，总得有个记录嘛。"李师傅笑着叹口气，"人不能只瞧得见自个儿。小伙子你说对不对？"

　　只剩最后两张空白页了，我写下了一句话：

　　你好啊，过客们。

3

　　碰到可爱的司机也得看缘分。好多师傅是哪壶不开提哪壶的话痨，以长者之姿，替父母催你结婚。

　　程师傅张口就问我来北京几年了，多大了。我敷衍着回答，对他接下来的发问做好一级戒备。

"都不容易啊！"他感慨完就没下文了，我稍稍放松了些。

那是二月份，春运返京的退潮期。凌晨的天色还是深蓝的，我们的车驶过长安街，继续往东开。他说："到每年的这时候，总会想起一个乘客，是个女孩儿。"

"她很漂亮吧？"

"大概吧。"他回答。在沉默了一个红绿灯后，他说，"只撒过她的骨灰。"

我脊背发寒，以为他要切换到恐怖故事频道。

"我本本分分开车，从不违规。那天啊，拉了足足五个人，都是东北乡下来的。副驾这儿坐着女孩儿她妈，搂个骨灰盒。"

我不自主地调整了下坐姿，侧目看着身边的程师傅。

"你觉得北京怎么样？"他的话题逻辑过于跳跃，我只能尽力配合，呆愣愣地说："还不错。"

"多少孩子削尖脑袋往北京跑，那女孩儿也是。高中刚念完就过来闯，还认识个不三不四的小男友，学会了嗑药。她家人着急哟，说你回家来得了！她偏不，说北京好，在酒吧唱歌，一堆人乐意听。"程师傅唉了一声，摇下车窗交高速费，收费站的电子录音说，您好，欢迎光临。

"那她是怎么死的？"我追问。

"谁知道怎么疯的，跟她男朋友一起疯到河里去了，隔好几天才捞上岸。她家人赶过来，商量着把骨灰洒在北京，说那女孩儿以前嚷嚷过，死也得死在北京。"

说不清该同情还是鄙视，只是觉得她的家人更可怜。

"她家里人没来过北京，问撒哪儿合适啊？我就给他们开河边儿去了，让他们憋着哭，别声张，小心给人轰走喽。"程师傅停顿了会儿，"等都办妥了，我就把他们送车站去了。他们绷不住在我车里一顿哭哟，想少收点儿车费来着，人家还多给了。"

话说着，车就到了家门口。他貌似还有好多故事想讲，也只能帮我按开后备厢。

程师傅的最后一句话是："给个陌生孩子送了行，这事儿一辈子忘不了。"

我们互相挥手道别，他的后视镜反射着日出的辉芒。

4

女司机赵师傅，见我长吁短叹，又留意到我手腕上的黑曜石，惜字如金地安慰道："什么都会过去，要心静。"她不知道发生了什么，却赐我雪中送炭的暖。陌生人的问候是最珍贵的，因为本可不必。快到目的地时，她还放了曲齐豫的《心经》。

老司机刘师傅，妻子过世，儿子常年不在身边。他说不想变成老废物，就再多撑几年，撑到不能干为止。他抢了我凌晨四点去机场的单，早早开到我们家楼下，然后就趴在方向盘上打盹儿等我。要出发前，他下车跳了两下，又扭扭腰脚，振臂一呼。

还有好多好多，好多好多。

出租车里有浓缩的人生，相识、对话、离别。在彼此的旅途上昙花一现，交集之后各奔前路，再无关联。

我为什么那么喜欢这感觉？

我们乱糟糟地活着，要去那么多地方，晒那么多幸福，忍那么多痛苦，以无比的耐心来表演自己、怀疑别人。鲜有闲情逸致，能卸下心防，一边观望流动的风景，一边分享真实与诚意。所以，片刻的相谈甚欢，已经过于惊喜。

你好啊，过客们。

这句话，矫情且绝情，冰冷又温暖。

喧闹容易，独处太难

"我想找个地方静静。"

这句话过时了，你去哪儿都静不了，只要手机有信号。我会随时因一串微信提示声在裤兜炸响而恐慌，好似被透明阴魂跟踪，无处藏身。

我把过年回家当成仪式：逃离钢筋丛林，拥抱蓝天碧水；别跟我提工作业务，我只爱我的酸菜豆包。

可事实是，你要用大把时间应付群发祝福。礼尚往来，敷衍做戏，过了正月，再无下文。

我偏好独处，基本一年去一次夜店，一次待一个钟头。除却正常社交和生存需要，不会主动往人堆儿里扎。我希望我的卧室像树洞一样，安放我的清净与秘密，躺在床上，心无挂碍。

树欲静而风不止。永远有不甘寂寞的人，他们不容许你消失。不理不就得了？没用的。

"在吗？"

我真想问，有事说事可以不。我回了你个"在"，你再来个强人所难，我连装没看见的权利都没了。

"忙呢吗？"

我想回"忙"，但他意欲何为呢？我会控制不住地想。

有时候，我是真的很忙，如实回复"闲下再聊"，对方又不依不饶地问：

"忙什么呢？怎么总这么忙呢？"

又一串微信提醒。

聊天成了义务？不懂了。都说手机淡化了现实交际，其实最可怕的是，它破坏了人与人之间的分寸感。

如果没有后来的交流，小斌在我印象里应该是好的。

我们是在聚会上认识的。有人递他筷子，他说谢谢；有人把狮子头转给他，他说谢谢；散伙了，他说谢谢。他就跟个被设定程序的机器人一样，只会这俩字。

小斌年纪不大，应该是毕业不久，举手投足都小心翼翼，害怕不得体。

第二天，他通过"群名片"加了我，我们互发了个握手的表情。说实话，我对他有心疼。他在人前战战兢兢的样子，像极了初来北京的我。

万万没想到，悲剧就这么开始了。此后每日，他都不定时地开启话痨模式，长篇大论地控诉人生。什么包租婆太龟毛，朋友不懂他，社会不公平，活着太辛苦。我跟阻止自杀者一样，晓之以理动之以情，劝他想开。终于，我实在禁不住他祥林嫂似的抱怨，也不想每天被负能量洗脑，决定逃跑。

好久没理他，发现他把我删除了。挺好。

对不起，我不是陪聊客，我也有自己的烦恼，没资格做你的心理专家。

对不起，我不是低头族，我也会偶尔出去走走，口袋里只有喂狗的饼干。

宣泄途径多了，不代表负面情绪就少了。将私密情感转变为快餐垃圾丢出去，无法独自消化。虚荣、怨念、牢骚，像蟑螂一样灭不尽杀不绝，任意滋生。

我们在密集的信息共享中，放弃距离与幻想，沦为泛泛之交。

我的理想生活，是栖居在一个安静的地方。你想我了，可以给我写封信，太想我了，就来看我。反正住地附近有个老车站，它永远在。我也可以随时踏上征途，不带行李，只拿钥匙钱包。

　　我们互相询问彼此的生活　攒了一肚子话想说。短短几年相隔，尽是悲欢离合。

　　我们怀着想念，走过山高水远。重逢之前，勿忘心安。

　　工作群里发了通知，该忙了。

　　我会在零点前搞定，关机入眠。愿在睡梦里，有火车驶来，它奔向远方。

城市的旅人，我们不要别离

人总是对狼狈的日子念念不忘。因为会发生太多超乎预期的事，好的，不好的。

曾有半年的时间，我困守在石家庄，给电视剧组帮忙。工种之复杂非行外人能想象，比如"倒卡"。录像素材都在有限的几张存储卡里，我要把里面的视频文件传输到大硬盘，腾出来交给摄像师循环使用，再把大硬盘运送给后期剪辑。没有电路支持，大硬盘就无法运作。现场没闲置电源，我又不能让摄像师等，只能四处找电插板。剧组打一枪换个地儿，有时候不按场记计划走。我倒完卡，还要自费打车追赶队伍，这鬼畜日子分分钟想逃。

郊外只有一家香河肉饼店，我跟老板娘商量："来三张饼，用你一个半钟头的电，咋样？"

她为难地说："我们家就这么点儿地儿，四张吧！"

说实话，我觉得自己很可怜。朋友当初要我来帮忙，可没说是干这种苦差事。剧组好友说："小关啊，你太实在了，干活要给自己省劲儿。四张肉饼的钱，可抵一杯咖啡呢！"

第二个月的拍摄，取景基本都在市里。我申请了资费补助，进军咖啡厅。

那时年纪还轻，没什么小资情结。提到咖啡，便想起《潜伏》里翠平的那句"一股鸡屎味儿"。

我万万没想到自己居然整日与咖啡馆为伴，大的小的，亮的暗的，美式的意式的，文艺的热闹的，各式各样。

当然，真正因为爱咖啡才去的人极少，尤其是在北方的二三线城市，多数是针对喜好各取所需：环境合不合心意，网速够不够快，店员够不够帅等等，压根谈不上咖啡文化，不过是借个沙发忙自己的，张扬着中国式的鱼龙混杂。

长征街那儿有一家咖啡馆，书架占了大半部分。桌子就两张，有张大些的，平素客人少的时候就摆上电脑和投影仪，放些《七宗罪》类的电影。店面隐藏在饺子店、菜市场之中，若是玻璃门上没有那些残缺的彩色字母，怕是很难被注意到。每周日，这家咖啡馆就会迎来一群读书协会的成员。十几个年轻人，一半戴着近视镜，一半扣着美瞳，鱼贯而入，围着最大的那张桌子开讨论会。如果说读书本身就是件冷门的事，大张旗鼓地开讨论会简直是冷到哆嗦了。那天，他们的话题是"最二的经历"，以配合协会成立两周年的主题。我被挤到小角落里，不得不旁听这一切，当然他们也并不介意。

"我家的家教极其保守，"率先发言的女孩儿起身说道，"父母管教也极其严格，尤其我爸，他对我极其苛刻。"她一连用了三个"极其"。我善意地笑笑，毕竟这是口语中的生僻词汇。

"有一次，我和我男友吵架了，他送我回家，直到上电梯我都没理他，搞得他极其手足无措。迫不得已，他做出半跪的姿势。恰巧电梯到了，门打开，我父亲瞠目结舌地戳在引梯口。"

"后来呢？"大家异口同声。

"后来我男友灵机一动，双手捂住我脚背，说，叔叔好，您闺女脚崴了，正揉呢！"

说罢，那女孩儿咯咯地笑起来，马尾辫晃晃荡荡。

紧跟着，大家哄笑起来，又不约而同地回归安静，齐刷刷地扶眼镜，静待下一位发言者。

离开时已是日暮，外面的树叶掉得"极其"猛。他们的笑声被挡在玻璃门里，不问秋色寥落。

我应该是从那时起爱上咖啡馆的，也明白了真伪文青热衷光顾的原因。

它是流浪者优雅的避难所。

摄影师把又一张卡扔我手里，说这次快点儿，别磨磨蹭蹭。摄影组的人都趾高气扬，没人敢惹。

来之前就有同行叮嘱：剧组就是个江湖，在里面混个把月，相当于社会上走十年。此话不假，戏外的是非比戏里多。灯光师傅对我很好，他曾在酒后跟我讲："混剧组的人，大多脚不沾地到处跑，没个社会保障，内心是苦的。"

是啊，他们个个耳聪目明、心思活络，有安全感的人不会这样。一想到回北京后，我能继续优哉游哉过少爷日子，把倒卡的往事当作笑谈，就觉着幸运。

我几乎跑遍了石家庄的咖啡厅，借此远离剧组的纷扰。

繁华区附近有家店，透过二楼的落地窗能看到石家庄最好的天光。深秋的太阳泛着暖黄，在楼群的玻璃幕墙上来回折射。屋里的植物摆放精致，顺着藤蔓生长的簇簇叶子也透着光。靠窗的沙发座上，一位黄袍尼姑对着一个摩登女郎讲述禅理。女郎托腮凝神，不时呷一口茶水，听到"六道轮回"时眉头微皱。

"菩萨畏因，凡人畏果。阿弥陀佛，但愿你能尽早想通。"女郎听着，双手抱胸瞟向窗外，晶莹的唇彩渐渐干涸。

身后的卡座，四个人在开家庭会议，明显是男孩儿带着女朋友见父母。两位家长文化程度应该不低，温文尔雅，点的是最贵的咖啡。女孩儿穿着臃肿的大红羽绒服，垂着流苏的雪地靴在地上乱蹭，局促得很。为了活跃气氛，他们玩儿起了扑克，女孩儿心不在焉地摸牌，时不时瞟向旁边桌的老外。那是个法国男人，正坐在高椅上聊着电话，打着字，腿太长，脚尖轻松触到地板。对面四五个韩国女孩儿正和摆架上的老古董合影，前凸后翘，俗气的V字手势。

阳光没了，大家便散了。只剩一个高中生埋头苦读，比着尺子画辅助线。

每个客人都像舞台独幕剧的演员，来来回回都有调度感，拼接成百态人生的群像。如是一想，电视剧到显得太刻意了。

还有两天杀青，我已经归心似箭。老天爷非要在这当口儿折磨我，违背天气预报，下了场瓢泼大雨。我跟着手机地图找就近的咖啡厅，到地方才发现是片废墟，只能折回商业街。没带伞，内裤都湿透了。我饿着肚子跑啊跑，随时能昏过去。

总算看到一家，推开门，嚯，富丽堂皇。沙发靠垫非黄即绿，全是亮色。没有顾客，只有仰在摇椅上的老板，平头，四十来岁，略微发福，眼睛很亮。

我说："我饿了，您这儿有什么？"

他抱歉地说："已经闭餐了。如果不介意，给你煮碗面。"

我哆哆嗦嗦地插上电源，开始工作。老板端上来一大碗方便面，里面有青菜和鸡蛋，还有火腿片。那是我见过最丰实的方便面。

我问："多少钱？"

他问："你是在赶工？"

我苦笑说："找电源找得断了腿。"

他说："不收你钱。"

他叫阿华，台湾人。

阿华给我讲了好多，比如他的摩托车好拉风，他的妻子好漂亮。他走过太多地方，来石家庄不到一年，交了许多朋友。

"你在石家庄定居了？"我问。

"哪有定居这回事。"他说，"到处漂喽，我四海为家。"

"真好，我也要离开这儿了。"我点头。

我们一起看了期《大学生了没》。等雨停了，他把我送出门，说肯定会再见的。

如果不是加了阿华的微信，我肯定当自己做了个梦。雨夜，闷雷，我，老板，还有一碗面，哪有这么美的巧合。

最后一张存储卡交接结束，我要离开石家庄了。组里关系好的都留了联络方式，笑着说拜拜。对习惯聚聚散散的人来讲，为离别泪奔是件巨蠢的事。

高铁穿过城区高处，车水马龙尽收眼底。我仿佛看见一个男孩子在街头流浪，他攥着电线和插头，东张西望，走走停停。

我是老站台上的拾荒者

那年我第一次坐火车。哪一年呢？年纪太小，已经记不得了。

妈妈拉着我走在站台上，跟着蜂拥的人群向前。

妈妈的脚很大，一步能跨住一块地砖。我低着头，清楚地记得，小小的脚丫要走两步才能跨过去。

"妈妈，火车有多长？"

"老长啦！"她总是拿这句话敷衍我。直到绿皮车慢悠悠地开来，我的第一次旅行记忆就戛然而止了。

住校之前，我对火车的全部印象，就是跟着妈妈去姥姥家。姥姥烙的馅饼比自家的香，因为油放得多。看到那个佝偻的身影来接站，我狂奔着扑过去。姥姥总是会意地说："好啦好啦，中午给你烙一锅！"

嘴馋。这是我愿意耗上一个小时坐火车的直接原因。漏风的破火车冬天进风，车厢连接处的门缝围上了一圈又白又厚实的霜，三月时才会化掉。可姥姥的头发，一年比一年白，一年比一年少。直到后来，她再没力气烙饼了。

到了小学四年级，我的小伙伴越来越多，看姥姥的次数却越来越少了。一次，妈妈回来时脸色煞白、默不作声，抱起晚饭要烧的白菜，撂到厨房砧板上，一边剁一边揩着眼泪鼻涕。

曾经觉得，最奇妙的是我的妈妈还会管别人叫妈妈。那年开始，我的妈妈再也没有妈妈了。我也再看不到那个佝偻着身子在昏暗厨房里忙活的姥姥了。

几年后，那个小车站荒废了，铁轨上铺了木板，旁边盖起了超市。

而我，很快去了城里，读高中。

穷学生是很会算计的。K字头的火车要贵十块，行程要省一个钟头。归心似箭的时候，总要吃一个月的咸菜，阔绰地买一张快车票。

排长队等检票的时候是最难熬的。其他乘客也都晃荡着脑袋巴望着，祈祷着别晚点。

"挤啥！一个一个来！"检票员重复这句话，一个个行囊托在头顶，压在背上，连同混乱的脚步，鱼贯而出。

那么多人一起回家，的确壮观得很。直到都坐到座位上，一张张焦急狰狞的脸孔，才变得祥和宁静。

"喂，媳妇，我上车啦！"

"喂，爸，我四点到！"

我没有手机，眼巴巴瞧着他们的憨笑，自己也跟着傻乐起来。

拖着行李箱，我上气不接下气地赶路。妈妈在阳台上开着窗子探出头来，远远地朝我挥手。我知道，她至少眺望二十分钟了。

又是几年后，妈妈摔伤了，很严重。

我有了电话，也有钱坐动车了。可阳台上妈妈的身影已经更加瘦小，好像随时会被风吹走似的。

她是从床上一步一挪地蹭到阳台的。曾经硬朗的步子，只能在回忆里铿锵作响。

再后来，我来到了更远的北京，目睹了破败的南站变成了豪华的高楼，可家里的老车站，却拆成一片废墟。

听说新站很快会竣工，磨磨蹭蹭好长时间都没有进展。

每次回乡下车，都要穿过一片砖石地。我知道，我脚下踏过的这片狼藉，是少年时的光阴。它现在已经彻底坍废。

长大以后，就这样在孤独与繁华之间往返。

北京的车站，是一群人的繁华，更是一群人的孤独。

五湖四海，无所傍依。熙熙攘攘，归去归来。

我曾在西站遇见一个故友，他告诉我，北京的日子太辛苦，要回老家结婚了。寒暄祝福过后，我们上了同一趟列车，他在车头，我在车尾。我们却是在站台就早早说了"再见"。

坐在软席上，打开平板电脑，耳机里是清淡的电影音乐。栏杆移动，送行的人缓缓掠过，一片灰霾的天色映现在窗外。周围人大多是沉默的。肯开口的都是老年人，他们为了打发时间，跟认识不认识的人，讲着老故事，带着浓浓的乡音。

人总会越来越习惯旅行，但是心里的终点只有一个。那个地方，有你曾经的、最深切的等待跟盼望。

也许会在一个个车站，重新启程，迷茫着一个又一个远方。但你踏上的第一个站台，注定了你回垄时的方向。

哦，妈妈还在家里等我。她应该正在做饭呢——像当初的姥姥一样，白发被阳光衬得发亮，佝偻着背，蹭着步子，在锅里倒上满满的一勺油，烙馅饼。

火车有多长？长不过那站台，在回忆里走也走不完。

1

阿生说，他总有一天会皈依的。静静听时间流过，安然自在，无动于衷。

他喜欢给我讲经，每晚都会准时去念经。在我最痛苦的时间，他陪我走过。

我的小书柜第一层，永远摆放着那本《地藏菩萨本愿经》，那是他为我请的。经书旁边，是杨绛、三毛、郁达夫。

色即是空，七情六欲皆虚妄，还是沉溺幻觉，执着人间悲欢事？我思考得很痛苦，像着了魔。

许久后，我对阿生说，我并不想过早看透，也做不到。他说，那就随性活着吧，记得在哀伤时，像看待陌生人一样冷观自己，就会获得解脱。

我重新开始写那个搁浅太久的剧本，情节走向跟最初的预想背道而驰。

学会"冷观"，便开始反感无病呻吟的水词儿，以及言之无物的废话。我能更容易地克制自己，不再轻易矫情半个字。

这如同生活，大多是平平淡淡的表象。文字写出的是内心戏，它越来越服从真相。

哪本书给你影响最大？

这个问题我通常不答。说佛经，会被误判为疯子。

2

写纪实散文比写剧本更痛苦。

受欢迎的故事都是让人安慰的，久别必会重逢，相爱就要相守。

坐在电影院的人，都嚼着爆米花等待男女主角破镜重圆，盖世英雄起死回生。

生活不是这样。你耳闻目睹的，有太多无疾而终的传说，结局多不圆满。我该把回忆讲到哪里？挑拣哪个片段做结局呢？深知无常的人，眼里是没有结局一说的。

想到这儿，庆幸自己年纪不轻了。想念，因岁月漫长而有重量。所以，想念即是两全的结局——我写得自信，你看得满足。

我最爱的电影，都是那些明显有续集的第一部。

比如怪兽们明明被赶尽杀绝，片尾彩蛋偏偏冒出一条漏网之鱼；比如主人公完成了一个使命，编剧告诉你前方依然曲折多艰；比如有情人终于接吻，可他们还不结婚。

然后，我刻意抗拒第二部，除非拍得特别好。我已知了一个足够精彩的故事，后面的情节就全凭脑补吧。就像你把所爱的人放逐在茫茫人海，不必再跟踪追索，只需默默祝愿。

阿生说，执念应该舍弃，如果舍不掉，那就要剪断一些。

我在回溯、书写时动情，在完成后释然，好像又历经一次聚散。

3

快餐年代，做段子手更有效率。我动笔就两千字以上，这是博客时代落下的病。

固执地写了几篇长文，知道居然有人爱看，并且能懂，我就敢继续了。

这本书先后用时半年，我背着笔记本四处流浪，挤着时间缝隙码字。沿途交到了许多新朋友，他们像阿生一样，开发我灵魂的隐藏面，帮助我更好地行文。

要特别感谢傅首尔。她以血淋淋的自我解剖来启发我，她说：你要放下身段和包袱，别粉饰别装相，别当自己是作者。

因为我们都是努力的好人，节操是骨子里的，写不坏。

我带着"好人"的自信，下笔千言。

有读者以跟文章同样的篇幅来评论、讲故事，他们的思考，让我的所为更有意义。

我喜欢回复Emoji里那个双手合十的表情。

就跟此时你在读这本书一样，我把它当作缘分去感恩。

对了，阿生的口头禅是：每个相遇都不是偶然，我们要因此欢喜心安。

这句送给你，做最后一句。